Thael Boost

LA MÈRE À CÔTÉ

Éditions Anne Carrière

ISBN : 978-2-3808-2245-8

www.anne-carriere.fr

« S'annuleront subitement les milliers de mots qui ont servi à nommer les choses, les visages des gens, les actes et les sentiments, ordonné le monde, fait battre le cœur et mouiller le sexe. »

Annie Ernaux, *Les Années*

À Rosy

1

Je déteste le mercredi.

Tu nous emmènes faire du shopping et je sais que cela va être long et ennuyeux. Je vois bien l'excitation dans vos regards, à ma sœur et toi. Votre fébrilité. Lécher les vitrines. Quelle est cette expression ? Je colle ma langue sur le verre pour voir quel goût ça a, tu m'ordonnes d'arrêter immédiatement, c'est sale, les chiens pissent dessus. J'ai beaucoup de mal à parler votre langage. J'essaie, pourtant, mais vous ne m'aidez pas vraiment. Vous vous arrêtez devant une boutique et, le temps que je comprenne ce qui peut attirer votre attention, vous êtes déjà reparties. Je suis en décalage horaire constant.

Je vous ai perdues. Résignée, je vous attends. Près d'un manège, la jeune vendeuse m'offre une glace pour me consoler. Je suis au paradis ! Elle est jolie, me sourit et me rassure. Lorsque vous me retrouvez, vous ne me reprochez rien. Je ne sais pas laquelle d'entre nous a eu le plus peur. Nous partons toutes les trois boire un coup pour nous remettre de nos émotions. Seul cet instant du mercredi me réjouit. Tu prends une bière pression, ça ne se fait pas tellement pour une femme, une mère de famille. Les autres clients nous regardent avec un air pincé. Moi, je suis fière de cette maman différente, farfelue. Tu termines toujours une journée shopping par une terrasse qui me réconcilie avec toi, tu sais y faire.

— *Ce que j'aime à Paris, ce sont les terrasses, on va boire un coup ?*

Ta première naissance c'est l'Allemagne mais tu as épousé Paris. Paris avant ton mari. Les photos en attestent, tu rayonnes de cette lueur particulière qu'ont dans le regard les femmes comblées de vies multiples.

Aujourd'hui, nous n'allons plus faire de shopping et boire un verre en terrasse. C'est moi qui te surveille quand tu sors pour ne pas avoir à te retrouver près d'un manège, c'est moi qui t'offre des glaces. Tu t'accroches autant que tu peux. Chaque jour, les souvenirs se délitent, un nom que tu ne connais plus, un objet dont tu ne comprends plus l'usage. Hier, l'extincteur est devenu rouge, sa fonction a disparu, simple objet réduit à sa couleur. Aujourd'hui, c'est le jus qui est devenu de tomate, de citron, rose ; tu tournes autour de l'orange, insaisissable, elle n'est plus à sa place.

J'observe cette version inversée de l'enfance où chaque jour est une découverte, devenue négatif de tout ce que la mémoire refuse de livrer. Il y aurait presque une poésie à ce défilé de mots et souvenirs qui tirent leur révérence après un dernier salut au public.

Ton public s'est également clairsemé avec les années. La salle qui jouait à guichets fermés ressemble désormais à un boudoir où tu ne reçois plus que les quelques proches qui ont décidé de prendre avec toi cet étroit sentier, dernière pièce avant que tu ne sois emportée. Étrange ballet. Qui de ton cerveau ou de ton enveloppe charnelle s'inclinera en premier ?

J'ai la sensation de rejouer le scénario d'*Eternal Sunshine of the Spotless Mind*. Les souvenirs s'étiolent, nous sommes tentées de quitter ensemble cette vie qui refuse de s'adapter à nous. Je comprends tes fugues. Tu pars retrouver tes idées ou empêcher que l'on te trouve pour t'enlever celles qui restent. Le Myope vient à ta rencontre, tu l'as bien compris, il tombe sur nous comme la brume sur Londres. J'invite au salon le peu de courage qu'il me reste, beaucoup d'amour et d'humour. Je fais le clown pour te faire rire, mes grimaces t'amusent, tu me vois, tu me regardes, tu t'interroges, je le sens parfois, sur le fait que je sois bien ta fille.

— *Tu sais, je crois que ma tête, ça y est, c'est la fin !*

Tu me lances ça, avec un petit air résigné, tu t'en excuses presque. Tu cherches aussi dans mon regard quelque chose à quoi te raccrocher, un espoir, si infime soit-il. Et je te souris, pour ne pas pleurer.

Et je te souris, pour te soulager, t'accompagner, te montrer que je suis là. Tu me reconnais même si tu ne sais plus très bien si je suis ta fille, ta mère ou ta sœur. Tu sens qu'il y a un lien du cœur, une présence qui veille sur toi. Je t'observe, tu t'économises. Tu marches à tout petits pas. Tu deviens de plus en plus légère, un poids plume, vaillante et fragile. Tu ressembles à une toute petite bougie dont la flamme continue à briller, presque plus fort pour compenser le fait qu'il ne restera bientôt plus de mèche. En attendant, je te protège comme je peux des coups de vent qui pourraient te souffler.

2

Y a ta mère !

Tu es derrière la grille avec un pain au chocolat dans un petit sachet de papier blanc, ce son unique à l'ouverture. Tu t'inquiètes, je ne déjeune pas assez le matin, tu suis les recommandations de ces médecins auprès desquels tu vas chercher conseil : Elle ne mange quasiment que des pommes. Tu dois tenter de me forcer à avaler quelque chose, le petit déjeuner est le repas le plus important de la journée car les produits laitiers sont nos amis pour la vie. Tu persistes à m'apporter cette « chinoiserie » à chaque récré. Je t'oublie souvent, tout à ma concentration sur ces précieuses minutes de jeu. Il y a toujours une copine ou un copain pour me rappeler ta présence. Y a ta mère. Presque clandestine, tu me tends le petit trésor au chocolat et vérifies que je le déguste : Partage si tu veux mais manges-en un bout.

J'acquiesce et te souris, maintenant que nous sommes à huis clos je peux bien admettre, même un tout petit peu, que je suis contente que tu sois là, que tu es ma fierté, que je peux afficher tout le dédain que je veux en présence des autres, je suis ton unique préoccupation en cet instant précis, ton centre du monde. Tu sais très bien que dès que tu auras le dos tourné je m'empresserai d'en offrir aux copains. Parce que c'est toi qui m'as faite ainsi. Tu repars tranquillement comme tu es venue. Cette attention me comble et m'encombre. À six ans, à la grande école, j'ai peur de passer pour un bébé. Alors je fanfaronne. J'en veux pas, qui en veut ? Et le pain au chocolat disparaît en quelques coups de canines voraces, j'y ai à peine touché mais n'admettrais pas que tu puisses rater ce rendez-vous matinal.

— *Y a votre fille.*

— *Oh, vous voyez comme ma fille est gentille avec moi. Qu'est-ce que tu m'as apporté ? Une chinoiserie ? Merci !*

Lundi, la boulangerie était fermée, j'ai osé me présenter à toi sans avoir apporté de dessert. Tu boudais : Y a pas de gâteau ce midi ? Je m'en suis voulu et suis revenue le lendemain avec cette énorme part de marbré sur laquelle tu t'es jetée goulûment, me laissant à peine le temps d'immortaliser ton regard gourmand. Un autre jour, c'était un éclair au chocolat. Ton cerveau f(l)ou ne filtre pas les petits plaisirs. Il refuse d'imprimer ce qui est récent mais t'accorde de sourire aux joies simples de la vie.

3

Tu n'as pas pleuré, tu m'as regardée et je t'ai reconnue. Il y avait un grand miroir en face de moi, j'ai d'abord vu ta tête, puis ton regard perçant et tu m'as souri.

Je bois tes paroles, te demandant de répéter encore et encore l'histoire de ma naissance. À l'école, on m'a appris que les bébés ne sourient pas à la naissance, je m'en fiche, c'est toi que je crois, parce qu'on y était toutes les deux. Tu m'as eue sur le tard, à quarante et un ans, tu m'as voulue envers et contre tous, y compris Papa. La légende familiale veut qu'il ait dit à l'annonce de ma venue : J'ai fait une connerie.

Quand j'ai eu mon fils, Elio, j'ai vécu cette folle aventure de la naissance, terrorisée, émerveillée, lui aussi je l'ai reconnu, lui non plus n'a pas pleuré, comme s'il disait : Je sais. Ce que j'ignorais, c'est que tout cela me préparait à une autre forme de maternité.

Devenue veuve, tu erres dans ta vie bien vide sans mon père. Après le corps, meurtri par un cancer des seins, puis des os, c'est l'esprit qui montre de sérieux signes de fatigue. Alors je veille. Je veille sur toi, comme tu l'as toujours fait pour moi. Non plus comme ta fille, mais comme ta mère. Le cycle de la vie, Le Roi lion, tout ça, on se dit que c'est d'un cliché, une caricature. Et puis, on est confronté à la réalité. Étrangement, je n'ai pas de regret à ne plus être fille de. Sans le savoir, en devenant mère, en apprenant les gestes, en apprenant l'attention, en apprenant l'amour, j'ai aussi appris à devenir la mère de ma mère. Et même si l'idée de te perdre est insupportable, je m'y prépare. Et même si l'idée m'empêche de dormir, elle m'aide aussi à jouir de tous ces instants précieux avec toi, dans l'urgence de vivre.

— *Attention, Maman, tu n'as pas fini de mâcher, mange plus lentement.*

— *Oui, Maman !*

Combien de fois t'ai-je entendue me sermonner ? Combien de fois ai-je dû guider mon fils ? Comment imaginer que ce serait à nouveau ton tour d'être guidée ? Comment imaginer que je tiendrais ta cuillère, t'essuierais la bouche, t'accompagnerais te laver les mains, faire pipi : Je laisse la porte ouverte, ne ferme pas le verrou, tu as besoin d'aide pour remonter ton pantalon ?

4

Tu triches un peu en m'aidant pour mes devoirs d'allemand. Je suis fière d'avoir une maman aussi forte et érudite. Je profite du dictionnaire vivant, accélérant mes thèmes et versions de manière fulgurante. Parfois, tu es piégée par un mot que tu as oublié ou peut-être jamais connu, tu en inventes un. Et quand la trouvaille est trop fantaisiste pour être crédible, tu dis : Oh, je ne sais plus ! Je dois alors sortir mon autre dictionnaire, beaucoup moins drôle que toi.

Quand, à l'école, un mot nous a échappé à l'une et à l'autre, j'invente à mon tour : Tu ne sais pas, toi, ta mère n'est pas allemande. Je frime et triche, comme toi.

— *On est quel jour aujourd'hui ?*

— *Je ne sais plus très bien, aide-moi !*

Tu ne sais plus très bien. Quel jour on est. Quand est né Papa. Si on parle de mon papa ou du tien. Parfois, tu transposes les rôles. Ma sœur aînée devient ta sœur. Il y a longtemps déjà que tu as renoncé à retenir les nouveaux prénoms. Cela t'oblige à décrire la personne dont tu parles, mais les couleurs sont plus faciles à retenir. Cela rend aussi leurs formes très floues, tu prends la toiletteuse qui vient s'occuper de ta chienne pour une infirmière et demande si c'est bien elle qui va te piquer dans la fesse.

Alors, on révise. On fait un petit bac. Toi qui as quitté l'école à quatorze ans et jamais passé le tien, tu te fais une joie de ce défi quotidien. En confiance, tu retrouves même toute la force de ton humour. Cite-moi un pays exotique. L'Espagne. D'ailleurs, tu n'y as jamais mis les pieds. Côté souvenirs, tu pars dans les contrées les plus anciennes. Le chien que tu avais, enfant. Ma naissance. Les lettres de Papa, trilingue parce qu'il savait écrire je t'aime, *ich liebe dich*, *I love you* dans ses mots d'amour. Il y a quelques semaines, tu sortais l'une de ses lettres tous les soirs pour la relire. Cette fois-ci, tu as oublié son anniversaire. Combien de temps avant que tu l'oublies ? Combien de temps avant que tu nous oublies ? La lettre de Papa rejoindra un jour mon sac à main, je serai le témoin de cet amour passé, dont la preuve a jauni, que je finirai par plastifier pour l'empêcher de disparaître.

Tu ne sais plus très bien le goût des choses non plus. La perte de goût et d'odorat est un effet secondaire fréquent du cancer. Tu t'efforces alors de donner le change, alternant la description de menus qui te semblent plausibles ; une entrée avec des petits légumes, une viande trop cuite, un bon gâteau. Mais rien n'a de saveur et quand je te demande de faire un effort pour te souvenir, tu me dis : C'est terrible, je ne sais plus très bien, aide-moi, et je me surprends à vouloir posséder une baguette magique qui me permettrait de te redonner le goût et les mots. Tu ne sais plus si le monde va bien. Plutôt mal, même, depuis des semaines. Même les terrasses ? Ils ont fermé même les terrasses ? C'est moche, ça, quand même ! Tu ne sais plus très bien si tu dois t'en inquiéter.

Je te pose la question. Est-ce que tu as peur ? Je n'aurai aucune réponse à t'apporter mais je veux au moins que tu saches que tu n'es pas seule et que j'irai avec toi jusqu'au bout de ce chemin, jusqu'au moment où je ne pourrai pas passer le contrôle avec toi et où tu devras poursuivre sans moi. Mais pour l'instant, je suis là, avec toi. Alors tu me réponds : Je ne sais pas très bien, un petit peu ? Et c'est plus une question qu'une réponse. Ton regard est celui d'une enfant qui se demande si elle doit avoir peur. Tu ne sais plus très bien. Si tu es ma mère ou si je suis la tienne. Tu m'appelles ta deuxième maman. Tu ne sais plus très bien si cela a de l'importance, au fond.

5

Je refuse catégoriquement que tu laves mon pull. Je refuse de prendre un bain, je refuse de sortir du bain, je refuse tout, je teste et j'explore. Mon esprit de contradiction se heurte à ta patience. Avec Papa, c'est une symphonie de cris dès que je le contrarie, c'est-à-dire à tout instant. Avec toi c'est différent. Tu persistes, tu ruses, parfois tu cèdes mais jamais tu ne t'énerves. Tu m'acceptes comme je suis. Je t'ai longtemps voulue différente. Plus intellectuelle, moins intuitive, plus intrusive, moins silencieuse, plus conciliante, moins « qu'en-dira-t-oniste », plus effacée, moins encombrante, moins exotique, plus excentrique. Je n'ai pas été la petite fille facile que tu avais déjà, je n'ai pas été la cadette calque de mon aînée, pourtant tu as laissé la place à qui j'étais, plus simplement que Papa mais de manière envahissante aussi. Quand tu m'affichais aux yeux des amis ou des voisins, tu perdais toute pudeur pour parler de moi, j'aurais voulu rentrer sous terre.

— Oh, cher voisin, vous vous souvenez de ma fille ? Tu te souviens de M. Machin ? C'est l'infirmier qui te piquait les fesses quand tu étais petite.

Le plus facile, ça a été de tenir les comptes, c'est Papa qui s'en occupait. Quand il n'a plus été là, tu t'es tout naturellement tournée vers moi, cette résistance-là tu n'y as même pas songé. Tu comprends les chiffres mais ne sais pas comment fonctionne la banque. Tu décides que le banquier est un con, c'est dommage, son chien est beau mais cela ne suffit pas, il en faudrait au moins deux pour compenser la bêtise du maître. Nous sommes sorties de la banque, il a passé un temps fou à chercher à t'expliquer des trucs qui t'intéressent d'autant moins que tu sais que je suis là. Toi et moi, comme lorsque tu as décidé de me garder quand tout le monde te conseillait d'avorter. Toi et moi contre le reste du monde, banquiers inclus.

Tu n'as jamais beaucoup parlé, il faut lire tes silences. Rire ensemble, transformer le drame ordinaire du temps qui passe et des absents en farces, blagues et légèreté. Ton économie de mots n'est pas une posture, c'est ta façon d'appréhender la vie, d'encaisser les coups depuis l'Allemagne des années 1930 jusqu'à Paris que tu as épousé pour un ménage à trois de plus de cinquante ans. Tant de choses ont fané, il te serait facile de baisser les bras, te laisser couler, ne plus rendre de comptes à la vie.

Tu as ensuite cédé sur le terrain de la gestion des tâches quotidiennes, avec force recommandations – N'oublie pas les biscuits pour la chienne, ah oui reprends-moi du jambon, fais attention pour la monnaie, il faut un code pour la carte bancaire, c'est quand même bizarre, j'ai pas confiance, retire de l'argent c'est mieux. Ta sollicitude aussi – Tu vas te fatiguer, ne passe pas l'aspirateur, préserve ton dos, arrête de travailler pour moi. Tu préfères continuer à t'en occuper et c'est ton rôle de mère que tu fais perdurer. Au début, je lutte comme quand j'étais enfant. Je râle, je t'engueule même. Y a comme un truc qui cloche entre nous. Je comprends un jour : les rôles ne sont plus les bons. La pièce se joue toujours mais les costumes ont changé. Comment faisais-tu déjà ? Ah oui, la patience et encaisser sans rien dire. Je ravale mon agacement, mes soupirs exaspérés, j'entends tes conseils sans forcément les écouter, te laissant la place de t'exprimer comme tu le faisais, avant.

Puis, c'est au tour du corps de te mettre à l'épreuve. Tu dis que tu as déjà fait ta toilette de chat. Que je ne devrais pas m'embêter avec toi. Que vraiment la vieillesse est une décadence et que tu préférerais ne pas être un poids pour moi. Tu demandes comment on peut devenir aussi moche : Je ne me reconnais plus dans la glace, ça fait peur, non ? Je pourrais m'indigner, tout le monde te trouve toujours si élégante, les ongles peints, le rouge aux lèvres dont la pose me fascinait, enfant, ta coquetterie intacte. À quoi bon te mentir ou te rassurer, tu connais par cœur la moindre inflexion de ma voix, la plus légère hésitation, une seconde et il est déjà trop tard. Mon silence en écho à tous les tiens. J'insiste, c'est juste une petite douche, un shampoing et ce sera déjà terminé. Tu me dis que tu préférerais que ta fille ne te voie pas nue.

Dans ce combat, la patience est maîtresse absolue, je dois m'efforcer de te convaincre sans m'énerver, parce que tu n'y peux rien et moi non plus. Tu finis par céder, tu sais qu'il faudra garder des forces pour d'autres batailles, que tu devines arriver sans en connaître la nature mais que nous redoutons toutes deux.

Ton cœur est en train de faire des siennes, lui aussi, comme si ton cerveau et tes organes s'étaient mis à jouer des partitions différentes, multipliant les fausses notes. Je ne sais pas combien de mesures comporte ta mélodie, je ne sais pas combien de temps encore tu pourras composer. Tout se délite mais je resterai au diapason avec toi, jusqu'au bout. Alors, on s'installe, je te demande de t'asseoir en te rassurant : Cela me fait plaisir de m'occuper de toi. Tu réponds : Oui, Maman. Tu veux en rire. L'infinie tendresse de cette confiance que tu places en moi. Enfant, je ne savais pas, la confiance est innée, la main qui caresse, un droit. Toi, tu le fais en pleine conscience. Ce n'est pas à moi que tu en veux, mais à ton corps et ta tête qui te lâchent. Je te fais asseoir de dos, pour que tu te sentes un peu moins nue. Que tu ne puisses voir les larmes qui me montent aux yeux.

Tant d'émotions et pourtant une reconnaissance, tu es toujours bien présente. Même ainsi, même transformée. Ce n'est plus la mère que je soigne, mais la femme et l'enfant tout apeurées au fond de toi. La chienne nous regarde, oreilles dressées, prête à nous rejoindre sous la douche. Sa présence, c'est ton équilibre, tu la rabroues sans grande conviction : Ne mets pas tes pattes, maman revient très vite, sois sage, ne t'inquiète pas, on s'amuse, et c'est autant à toi et moi que tu adresses ces mots. Je règle la température, tu te demandes comment tu as pu en arriver là, tu as peur de cette douche. Tu devines les déchéances à venir. Tu es une femme, pas juste une petite vieille, ton cerveau réfute mais doit capituler. Sans cesse, on te renvoie à ce statut indéfini, ce neutre de la vie. Quatre-vingts ans, *au-delà de cette limite, votre billet n'est plus valable*.

Viennent alors les mots mécaniques, effaçant le trop-plein de tout. Penche la tête, ça va la température ? On fait un ou deux shampoings ? Les automatismes prennent le dessus et chassent l'angoisse, les mains trouvent le chemin, verser, savonner, rincer, savonner, laisser poser, rincer, essuyer, frotter, sécher, cajoler. On attaque la partie délicate, celle que l'on ne nomme pas, je sais qu'il est trop tôt, je te tends le gant et te propose de « la » faire ; le temps de la capitulation sur l'ensemble du territoire n'est pas venu. Tu me remercies pour cette maigre victoire.

On joue comme quand j'étais petite. À la marchande, à la coiffeuse. Des heures de patience, suspendues dans le temps. On joue à faire semblant mais ce n'est plus moi l'enfant. Tu m'éclabousses en riant.

6

Tu réponds toujours la même chose au Comment ça va ? que l'on t'assène à longueur de journée. Je suis fatiguée mais j'ai quatre-vingt-huit ans quand même et je sors ma chienne quatre fois par jour. Heureusement mes *chambes* tiennent le coup. Ce Comment ça va ? t'agace car il est une sorte de thermomètre de ta santé vacillante. Tu le planterais bien où tu penses à certains qui trouvent que tu vieillis.

— *Votre maman sort très souvent sa chienne.*

— *Qu'est-ce que vous appelez souvent ?*

— *Elle dit quatre fois par jour, mais je crois que c'est plus fréquent que cela.*

Une nuit, tu es sortie mais tu n'as pas réussi à rentrer, c'est le gardien qui t'a récupérée vers 6 heures du matin, heureusement c'était la fin du printemps, mais tu as passé la nuit dehors. Je comprends que l'heure de prendre une décision est arrivée. Je vais devoir te trouver un lieu de vie plus adapté que ta résidence actuelle, plus surveillé aussi. À l'approche des quatre-vingt-dix ans, le mot Ehpad et la séparation d'avec ton chien deviennent une nouvelle réalité.

J'ai peur pour toi.

7

Ton père a dit non. Il a dit : Pas d'animaux à poil. C'est non quand même. Qu'est-ce que tu veux qu'on en fasse ?! La sauver des expérimentations ! (Ça c'est la phrase retenue du discours de ma grande sœur sur *l'abolition des expérimentations sur animaux en études de médecine.*) Bon, ok, mais on ne dit rien à ton père.

C'est ainsi que nous devenons famille d'accueil d'une grenouille. Je passe mon temps à la dorloter car j'ai remarqué que cela la faisait gonfler des sacs aux oreilles et coasser. Je ne sais pas que c'est un mâle... La plaisanterie dure sept années au cours desquelles il faut nourrir *le fauve* de vers de terre vivants que tu t'évertues à aller chasser dans les jardins de notre résidence. Les voisins te surnomment « l'Allemande » ou « l'Excentrique », mais tu t'en fiches bien car toi, ce qui t'intéresse, ce sont les animaux.

Le chien, le chat, même les poules de la ferme des voisins, à la campagne tout ce petit monde converge vers toi. À poil, sans poil, petits, grands, moches, beaux, chats, lapins, batraciens, chiens, cochons d'Inde, poules, escargots ; les animaux, tu en connais un rayon. Tu m'apprends à leur parler, les observer, les imiter. La maison est un lieu de passage pour toute cette smala, Papa râle mais plie, nous sommes trois contre un, il sait choisir ses combats. La présence constante de nourriture n'explique pas à elle seule cet engouement. Tu les hypnotises. Le monde animal est ton royaume, tu règnes en maîtresse bienveillante et absolue.

— Maman, comment ça se fait que tous les chiens du voisinage se jettent sur toi quand tu arrives ?

— J'ai un fluide.

— Qu'est-ce que tu caches dans ta poche ?

— Des biscuits pour chien, pourquoi ?

La maladie a réduit la gent animale à un seul nom, celui de ta dernière chienne. Dolly, viens ici ! La chatte ne répond pas à tes appels. Cette dernière a élu domicile dans ta nouvelle demeure sans rien demander à personne, l'Ehpad assure caresses, chaleur humaine et bons petits plats à toute heure. Cette Dolly est devenue ton animal de compagnie, la musique de son ronronnement t'émerveille mieux que n'importe quelle sonate. Elle ne répond à aucun nom de toute façon, c'est un chat, rappelle-toi, les chiens obéissent, les chats décident.

Tu t'éloignes à regret, nous déambulons dans les couloirs à la recherche d'autres trésors, l'aquarium ! Comme un clin d'œil cynique du destin, de l'Univers ou je ne sais quelle entité supérieure, le chirurgien bleu a ta préférence. Le poisson Dory du *Monde de Nemo*, celui qui perd constamment la mémoire. Quand tu passes devant son vivier, chacun de vous regarde l'autre comme si c'était la première fois.

Ça doit ressembler à ça, l'éternité.

8

Je pars. C'est décidé. J'en ai plus qu'assez de cette famille qui ne me comprend pas.

Tu assistes, stoïque, à ma colère d'enfant. Je prends ma petite valise et y dépose des culottes propres, du PQ, celui que tu glisses toujours dans mes poches pour l'école, au cas où. Mon pull moche que tu as *tricoraté*. Et des pommes. Les pommes c'est la vie. Je peux tenir des semaines entières avec quelques pommes. Je pense aller à la DDASS. Normalement, ils s'occupent des enfants sans parents mais ils devraient pouvoir faire une exception pour moi si je leur dis que j'ai abandonné les miens.

Tu écoutes mon discours sans m'interrompre. À force de me demander de ranger ma chambre, il fallait bien que cela éclate entre nous. Cette vie d'enfer que tu me fais mener n'est plus supportable. Adieu.

Tu me proposes de déjeuner avec toi avant de partir. On dirait que le fluide que tu as avec les animaux fonctionne aussi sur moi. J'accepte, je capitule et renonce à mon voyage.

— *Vous partez en voyage ?*

— *Oui, je pars chez ma fille.*

— *Vous serez absente longtemps ?*

— *Oui, douze culottes. Bonne journée, cher voisin.*

Tu voyages plutôt dans ta mémoire depuis quelque temps. Tu mélanges allègrement les époques, les noms, les liens. Une fille devient une sœur qui devient une mère qui redevient vivante. Tu me parles de ton enfance et me demandes si je me souviens. Tu dis « ton père » mais tu parles de lui comme si c'était le tien. Je t'appelle pour te prévenir que je viens déjeuner et te demande si tu es contente de me voir : Bien sûr, je suis quand même ta fille. Il y a quelques semaines encore, tu le disais en plaisantant. Ce matin, tu doutes de ta réponse, sentant l'étrangeté de la situation sans bien saisir ce qui cloche.

Je pense à la chanson *Tu t'en vas*, « Comme un soleil qui disparaît, Comme un été, comme un dimanche, J'ai peur de l'hiver et du froid, J'ai peur du vide de l'absence ». Tu me manques déjà, tu es dans une version Schrödinger de la vie, là et pas là tout à la fois.

9

À table ! Pas besoin de me prévenir, j'ai bien vu toute l'artillerie que vous déployez, toi aux casseroles, Papa aux journaux. Tu cuisines, tu fais la vaisselle, tu ranges tout, pendant que lui descend la presse régionale et nationale, assis à la table et régnant-râlant sur son petit monde. Il remplit le sac de ma sœur, partie étudier, de victuailles et restes en tous genres tandis que tu t'apprêtes déjà à attaquer le prochain repas.

Après le décès de Papa, même à quatre-vingts ans bien sonnés tu as continué à cuisiner, prolongeant le souvenir de lui, comme s'il était avec nous. Rituel immuable du rôti de bœuf, de la purée maison et du gâteau au chocolat, en plus des Tupperware à emporter à la maison, sans possibilité de refuser sous peine d'être répudiée sur-le-champ, atteinte de la même maladie du *doggy bag* que Papa. Ta petite chienne, fidèle amie, t'accompagne dans ta douleur, lit les larmes quand elles montent dans tes yeux, t'apporte toute la chaleur qu'elle peut donner. Votre duo m'attendrit, nous le prolongeons le plus tard possible, tant que tu peux être sa maman. Ce rôle m'agace un peu, j'en suis jalouse, surtout quand tu annonces fièrement que tu as trois filles, deux humaines et une chienne, j'ai du mal à admettre qu'elle puisse t'être aussi chère que nous. Je me ravise et fais comme toi, j'encaisse en silence.

— *Vous savez, je suis fatiguée, je sors quand même ma chienne quatre fois par jour.*

— *Euh, votre maman n'a plus son chien, pourtant?*

— *Non, et alors?*

Les autres m'agacent. Leur besoin de tout ramener à la réalité est un carcan dans lequel je refuse obstinément d'entrer. Qu'est-ce que ça leur coûte de faire semblant? La vie est une farce, qui mérite d'être jouée, malmenée, trichée!

Hier, c'était un jour sans. Ton regard est plus clair mais tes épaules plus voûtées aussi. Comme si la conscience avait un poids. La chienne n'est plus là. Quand tu n'as plus été en capacité de t'en occuper, il a fallu décider. La violence de ces instants, accompagnés d'un séjour à l'hôpital parce que tu t'étais mise à boiter, m'a plongée dans un abîme de culpabilité. Ce qui aurait pu être une vengeance s'est révélé double peine, pour toi, privée de ta troisième fille, pour elle, privée de toi. Tu ne poses pas longtemps la question de savoir où est la chienne. Les jours recommencent sans cesse, elle est partie hier et reviendra demain. En l'espace de quelques semaines, tu as comme effacé cette attente de ta mémoire.

Tu es « fatiguée », euphémisme, alors que je ne t'ai jamais entendue te plaindre, fatiguée se transforme en mot-remorque tellement il transporte de non-dits. Les premiers signes d'Alzheimer sont là, planqués. Fatiguée physiquement? Qui ne le serait pas quand tout se délite à l'intérieur?... Fatiguée moralement? C'est comme si, en plus de tout ce qui t'atteint, tu absorbais la misère et l'absurdité du monde dans lequel nous vivons. Et ta petite éponge a bien du mal à sécher après avoir recraché tout cela. Je te distrais de cette peine. Je t'emmène, pas bien loin. Dans le jardin. Nous jouons à passer le bac, les questions sont de plus en plus incohérentes mais nous en rions.

— *Tu as des nouvelles de Maman?*

— *Pas depuis 1972!*

— *Et de ton père?*

— *Pas depuis 2010.*

— *Ah oui, ça fait longtemps.*

— *Tu veux une couleur qui commence par un J?*

— *Oui.*

— *Jaune.*

— *Oui, super, qu'est-ce qui est jaune?*

— *Les fesses*, ris-tu de ta propre espièglerie.

Dans le jardin, des notes de musique nous parviennent du salon. *Let It Be*, joué au piano. Nous nous approchons à petits pas de Bernard, l'animateur chante quelques mots avec une voix de *rockabilleur*. Bernard Lennon. Il a la manie de commencer le morceau, plaquer trois ou quatre accords, un bout de refrain et de laisser la suite suspendue dans l'air. Vous savez, moi je ne sais pas chanter ni jouer, je ne fais que passer. *Coitus interruptus*. Il est l'animateur qui « pressure vos neurones pour muscler votre mémoire ».

Dans quelques minutes c'est l'atelier anagrammes qui va démarrer. Retrouver des noms de personnages célèbres dont les lettres sont écrites dans le désordre. Tu me regardes, perplexe, tu n'es pas certaine de réussir à ce bac-là mais tu es hypnotisée par le tableau et le feutre alors on s'installe. Autour de nous arrivent les autres habitants. Habitantes, en réalité. Peu d'hommes dans ce boudoir de fin de vie. Mme Larue porte chaque jour un énorme nœud sur la tête. Elle est tout droit sortie d'un des salons de la *Recherche*. Elle vapote comme une dératée, en aspirant très fort sur la cigarette, tel un enfant tentant de gonfler un ballon de ses petits poumons insuffisants. Elle tousse très fort, tu entends et souris. Tiens, ils ont un chien. On discute un peu en attendant que « ça commence » et que Bernard fasse le show.

Je demande s'il y a bien des crêpes au goûter. On en revient toujours à l'essentiel, la vie c'est les crêpes. Tu m'en faisais quand j'étais petite, je t'en ai fait quand tu es devenue petite, maintenant c'est le rituel du samedi après-midi. Commence l'étrange ballet des lettres et des personnages. Tu regardes Bernard, souriant sous cape car tu sais que je vais tricher et te souffler les réponses à l'oreille. Tu as l'expression du vainqueur et l'air entendu de celle qui sait qu'on sait, à nous deux. Tes voisines s'agitent, tandis que l'une tousse, l'autre hurle qu'elle ne sait pas qui est Marc Aurèle mais qu'elle est certaine que cela ne s'écrit pas comme ça. Une retardataire nous rejoint et fait rouler son fauteuil, le poussant de long en large : Ça m'aide à me concentrer !

Margaret Thatcher était quand même une sacrée bonne femme, c'est pas vous qui allez me contredire, mesdames, claironne-t-il façon Bebel. Bernard Lennon Belmondo. Mme Larue disparaît derrière son nuage de vapeur tandis que sa voisine Mme Delrieux a calmé les ardeurs de son fauteuil ardent et s'assoupit au rythme d'un Cram Toianen, copain de Leocaptre. Au fond, les cuisiniers font la plonge. La vaisselle du déjeuner se range. Le goûter se prépare. Je te souffle les réponses que tu déclames, très sûre de toi. Indignée que Bernard te dise : Y a de la triche par ici. C'est un travail d'équipe. Je ne suis plus uniquement ta fille, je suis aussi ta mémoire.

Je garde autant de grains de sable que je peux au creux de ma main, même quand tu la serres très fort pour te rassurer. C'était un jour sans, qui s'est bien rattrapé.

10

Regarde dans le tiroir, là, prends le papier mais fais attention, c'est fragile.

Je découvre les lettres d'amour de Papa, qui me narguent à plusieurs décennies de distance. Sa belle écriture, ses pleins et ses déliés. L'écriture d'une lettre comme un événement, le soin apporté autant au papier, à l'écriture qu'à la vie courante, qui devient littérature – un voyage en train, un rhume, le manque, les nouvelles des uns et des autres. Que restera-t-il de nos SMS, messages instantanés? Pâles figures, vidées de leur substance, de leur poésie. *Ich liebe dich, I love you*, je t'aime.

— *Ton père était polygrotte.*

Tu me demandes souvent des nouvelles de Papa, je ne sais pas si tu parles du tien ou du mien. Tu me souris, mon cerveau fait de la résistance. Tu attends une réponse, n'importe laquelle. J'aurais vraiment besoin d'ajouter une forte dose de poésie mais la logique, le raisonnement ne me font pas réagir assez rapidement. Tu passes à un autre sujet, subitement. Tu reviendras cependant à cette question des dizaines de fois. Avec le temps, je ne relèverai plus le nombre de fois où je te répète la même chose.

Je me saisis des lettres de Papa au papier jauni et les glisse dans mon sac à main. Je guette une réaction mais elle ne vient pas, tu ne te souvenais déjà plus de leur existence, du tiroir qui les abritait. Je les promène avec moi, comme des talismans de votre amour passé. Papa est mort. Quand s'habitue-t-on à cette phrase ? Ces mots que l'on ne sait jamais prononcer. J'aimerais frapper à la porte du paradis pour demander s'il est bien là. Je pourrais te donner de ses nouvelles et te répondre qu'il va bien, qu'il t'attend. En ai-je le droit ? Tu ne renonceras pas à la vie, tu la laisseras te vider de ta substance jusqu'au bout. Je ne pourrai pas te donner l'autorisation de partir et en assumer les conséquences. Je ne m'estime pas légitime pour décider à ta place, alors que tu n'as jamais exprimé le souhait de mourir.

11

Je te regarde peindre tes lèvres et tes ongles, te parfumer. C'est intrigant d'être une femme. Je trouve que cela prend beaucoup de temps. Papa s'habille, se coiffe et *hop* le tour est joué. Tu persistes à vouloir me faire porter des jupes alors que toi-même ne portes que des pantalons. Cela m'agace d'être une fille, les codes me semblent bien compliqués. La seule chose qui m'intéresse c'est ce rouge, mais tu me dis que je ne peux pas en mettre, on verra plus tard. À quoi bon, franchement ? Tu frottes tes lèvres l'une contre l'autre pour la touche finale et j'imite le mouvement. Tu me souris à travers le miroir. Je fais les essayages avec toi. Je teste le rouge à lèvres, le vernis, les chaussures, la démarche, le sac à main et je tire une longue bouffée sur une cigarette imaginaire que tu m'arraches aussitôt des mains.

Avec les années, tu porteras de plus en plus de rouge orangé, lumineux.

— J'aime pas son style. On ne met pas des chaussettes avec des sandales, et il n'est même pas veuf!

Aujourd'hui est un jour avec. Le voile sur tes pupilles est partiellement levé. Tu souris spontanément, attentive à ce qui t'entoure. Je redeviens ta fille, nous mangeons des crêpes, tu plaisantes même. J'ai fait une tache, pistache. Et tu accompagnes la blague de ce regard rieur que j'aime tant. Qui est de retour aujourd'hui, après une fugue de quelques jours. Je retrouve le bonheur de n'être *que* ta fille, de t'écouter me conseiller : Tu devrais te couper un peu les cheveux. T'offrir aussi à toi l'aubaine d'être de nouveau la maman qui conseille et complimente : J'adore tes chaussures.

Aujourd'hui est un jour avec. Nous mangeons des crêpes et ce petit geste gourmand recèle toute la tendresse que tu mettais à préparer la pâte, à gérer mon impatience, il fallait la laisser reposer. Après la crêpe tu demandes, toi aussi, que je te laisse te reposer. Je prends ta main et en profite pour te demander comment tu te sens. Un petit peu fatiguée. Je t'installe confortablement dans ton fauteuil, tapote l'oreiller, te sers un verre d'eau, vérifie que tu as tout à portée de main : la télécommande de la télé, la télécommande du fauteuil, la télécommande d'urgence. Si je pouvais télécommander ton cerveau, je le forcerais à faire un scan de toutes tes chaînes et à les conserver en mémoire.

Au lieu de cela, tu t'es assoupie, la bouche légèrement ouverte, le souffle régulier. Je t'observe, comme une maman qui craindrait la mort subite de son nourrisson. Au début, j'avais peur que ce soit la toute dernière fois que je te voie. Depuis que tu ne l'attends plus, la mort s'est invitée dans mon quotidien.

12

Le *food truck* est installé une fois par semaine au bout de la rue piétonne. Il me semble immense et très haut, je n'ose pas commander, tu t'adresses au cuisinier pour nous deux. Je l'observe découper le pain rond en deux, y glisser les anchois, l'artichaut, le thon, la tomate, l'œuf, la salade, la cébette et le radis. Il me propose d'ajouter quelque chose, je fais signe que non. Je me demande comment je vais bien pouvoir manger quelque chose d'aussi énorme.

— *Tu te souviens, quand tu étais petite, tu adorais les pains bagnards!*

Tu souris, je suis venue déjeuner avec une copine et on mange chinois. Cela doit te rappeler mon adolescence et nos mercredis midi animés. Ça rigolait autour de toi, tu préparais le repas, c'était notre rituel. Ces plaisirs de la bouche sont autant de petites madeleines de Proust que tu dévores tandis que je te dévore des yeux. J'essaie de te faire la conversation mais tu réponds par monosyllabes comme pour me dire de savourer. Nous partons faire quelques courses pour toi, te laissant à une courte sieste. Au retour, tu nous souris trop fort. Oh, c'est gentil d'être venues...

13

Papa n'aime pas les grimaces, surtout pas au restaurant, le dimanche midi en famille : c'est du sérieux. Dès qu'il détourne le regard, tu m'en fais plein, je t'imite, cette complicité déclenche mon fou rire et son courroux. Nany, ma grand-mère paternelle, assène un : S'il y a un courant d'air, elle va loucher pour de bon ! Je ne sais pas très bien si c'est à toi ou à moi qu'elle s'adresse.

— *Merci pour ton coup.*

— *Quel coup ?*

— *De fil.*

Je t'appelle, au timbre de ta voix je sais si ça va ou pas. J'ai appris à déchiffrer les non-dits et à écouter les silences. Depuis peu, tu ne décroches plus. J'ai beau laisser sonner dix-sept fois, compter lentement les sonneries en espérant que cette fois-ci tu comprendras que je cherche à te joindre, c'est peine perdue. Il faut donc faire appel à un tiers, cela me permet de te voir en visio. La triangulaire m'impose au début une forme de pudeur. Puis-je faire devant témoin les mêmes grimaces, les mêmes blagues qui ne font rire que nous ? Rapidement, je m'affranchis de ces questions. Je suis ton clown.

14

Ta force, c'est ta joie de vivre. Exilée d'Allemagne vers Paris puis de Paris vers la Normandie, tu considéreras longtemps chaque journée sans pluie comme du beau temps. On t'a appris très tôt à serrer les dents. Tu as ajouté ton sourire espiègle, celui qui parle avec les yeux. On se moque de toi ? Tu rétorques avec esprit ou humour, parfois malgré toi mais toujours instinctivement. On t'incite à faire quelque chose que tu ne souhaites pas faire ? Ton sourire désarmant veut à la fois dire « laisse tomber » et « cause toujours ». Tu ne comprends pas systématiquement ton environnement, du moins pas suffisamment pour le nommer, mais tu sais comment t'y adapter pour survivre. Un peu comme un félin. Tu réinventes aussi beaucoup ta réalité. La bouteille est toujours à moitié pleine. Et pour cause, au besoin c'est toi qui la remplis. Je suis habituée à ce sourire abritant un entêtement puisé dans les générations avant nous. Ce n'est que lorsque je croise le regard des autres que je saisis l'ampleur de ta résistance. Tu fais une faute de français ? Tu argues que c'est presque pareil, et que de toute façon, je t'ai comprise. Les éléments sont contrariants ? Tu hausses les épaules, leur tournant le dos jusqu'à ce que la situation se renverse en ta faveur. Ta météo personnelle est quasiment toujours au beau fixe.

— *Il fait beau chez toi, Maman ?*

— *Oui, très beau.*

— *Tu es sûre ? Ils annonçaient de la pluie.*

— *Non, je ne suis pas certaine, mes lunettes ne sont pas propres.*

Cette joie de vivre oscille aujourd'hui entre la surprise d'être consciente de certaines choses, un vague sentiment d'inquiétude car il te semble ne plus tourner tout à fait rond – sans en être vraiment sûre – et les plaisirs simples, essentiels.

Je n'essaie pas de me souvenir comment c'était avant, ce serait trop douloureux et inutile. On ne revient pas du voyage que tu as entamé vers l'oubli. Tu sèmes des mots, des souvenirs sur ton passage. Je les ramasse, je tente de conserver les sensations et les sentiments, tout le reste s'effrite. Je sais bien qu'à la fin, je serai frustrée de tous ces détails que je n'aurai pas su figer. Ton sourire, celui qui ne ment pas et fait parler tes yeux, celui-là je l'ai tellement photographié mentalement qu'il ne disparaîtra pas.

15

Sois indépendante. Cette injonction, tu me la sers au petit déjeuner, au déjeuner, au goûter, au dîner. Service continu. Comme pour conjurer le sort. Comme si tu avais peur pour moi. Des dangers qui me guettent en tant que femme. Car c'est bien à la femme que tu t'adresses. Même si je suis une enfant, tu me prépares.

Ton corps t'appartient. À toi seule. Je ne comprends pas la portée des mots sur le moment. Ou plutôt, si je ne saisis pas vraiment le sens, l'intention est tellement forte, quasi désespérée, que la solennité de la phrase frappe ma mémoire.

Toute ma vie va se bâtir autour de ces deux injonctions. Sois indépendante. Ton corps t'appartient. Elles sont parfois, souvent, contradictoires. Elles sont parfois, souvent, lourdes à assumer. Elles sont parfois, souvent, synonymes de choix tranchés et de solitude. Elles sont cependant les cadeaux les plus importants que tu as faits à la femme que j'allais devenir.

— Docteur, je souhaite arrêter ce médicament !

— Vous en prenez combien ?

— En ce moment je ne le prends pas.

— Normalement ce traitement préventif dure cinq ans. Vous l'avez pris longtemps ?

— Ben… trois jours.

Le docteur s'adresse à moi :

— Elle est toujours comme ça, votre maman ?

— Non, là, ça va.

Il y a eu l'opération. L'ablation. Les deux seins. À ton âge, les médecins ne s'embarrassent plus avec l'esthétique et la délicatesse. Ils te proposent la reconstruction mammaire comme un serveur qui propose un dessert après un copieux repas en sachant pertinemment que les convives vont opter pour un café et l'addition s'il vous plaît. Pourtant, il n'est pas simplement question de couper un bout de toi, voire deux. Il est question de tout ce que cela symbolise pour une femme. Même s'ils sont gros, même s'ils ne servent plus à rien. Tu sais, ce n'est pas à mon âge que je vais rencontrer quelqu'un.

Tes seins vont être balayés par la maladie, remplacés par des balafres pires que la cicatrice d'Albator. À une femme plus jeune, on proposera un accompagnement psychologique. À toi, rien. Tu n'es plus considérée comme une femme. Tu es vieille et tout ton être se réduit à cela. Tu luttes contre cet enfermement, contre tout ce que l'on coupe avec tes deux seins mais rien n'y fait. On ne te voit plus que comme un corps dont il faut raboter des morceaux, aller à l'essentiel pour maintenir en vie, comme une denrée logistique dont on doit gérer les avaries. Mais laquelle, au juste ? On te propose de porter des prothèses pour faire semblant. Tu t'es bien fait suer toute ta vie à porter un soutien-gorge et maintenant, même sans seins, il faudrait faire semblant ? Non merci, merci bien, mais non merci.

Après l'ablation, on t'impose de la radiothérapie parce que c'est le protocole qui fonctionne sur une majorité de patientes. Tu rechignes un peu, la fatigue gagne du terrain, mais tu serres les dents et acceptes de te livrer à cette valse des soins qui t'échappent, tu me dis : Je suis un peu le mouvement mais je ne comprends pas tout à fait ce qui m'arrive, à part que, vraiment, c'est moche ; ce n'était déjà pas fameux, mais c'est franchement moche maintenant !

— *Qu'est-ce que je suis moche !*

Le mot revient souvent. Moche. Moi aussi, au début, je me dis que ce n'est pas le sujet, que le principal à ton âge c'est de te soigner vite. Moi non plus, je ne réalise pas tout de suite à quel point nous sommes tous en train de nier ton statut de femme. De plus de quatre-vingts ans. Alors quoi, arrivée à un certain âge, la femme perdrait toute autre identité que celle d'être une vieille ? une malade ? une veuve ? Elle deviendrait le périphérique d'elle-même, privée de sa propre essence. Son être vidé de toute consistance serait manipulé au gré des examens et traitements, et l'âme dotée de cette pauvre enveloppe malade et fatiguée n'aurait qu'à suivre le mouvement.

Nous ne marchons pas sur tes plates-bandes mais mordons au motoculteur sur toute la pelouse. Je défends tes intérêts, bien sûr, mais à grands coups de « c'est pas grave », pour te faire retrouver le sourire. Tu me fais comprendre que ça suffit, que ton indépendance n'est plus négociable en refusant catégoriquement de prendre ce traitement. L'hormonothérapie. Cela te fatigue, accentue ton étourderie, te rend vaseuse et tu as le moral dans les chaussettes. Je comprends enfin à quel point tu as serré les mâchoires pour supporter, en plus de la maladie, de la souffrance, de l'inquiétude, cette négation de ton identité de femme. Tu te rebiffes et je t'admire. Tu imposes ta volonté, tu ne prendras pas ce médicament.

Un autre médecin finira par nous proposer une alternative, une injection mensuelle. Sorte de pis-aller, le mal est déjà fait, le cancer a atteint les os et les médecins te regardent de leur air *Je vous l'avais bien dit* qui voudrait montrer que tu as eu tort de te considérer comme propriétaire de ton corps. Tu encaisses de nouveau la radiothérapie. Puis les piqûres mensuelles. Je suis à tes côtés. Cette phrase est à prendre au sens littéral du terme. Je ne peux ni être à ta place ni soulager ta peine. Je ne peux qu'être là pour incarner mon soutien et surtout être témoin de la femme que tu es, que tu as été. Pour un peu, je ferais appel à un *escort-boy*, qui t'apporterait du bien-être et de l'attention. Cela choque à peine lorsqu'on le fait pour un vieil homme. Mais tu t'accroches à l'amour de ton défunt mari, au travers de ses lettres, dont tu me dévoiles quelques passages comme pour me dire : Tu vois, j'ai été aimée, tu vois, j'ai été femme. Cela semble te consoler, je ravale ma révolte et range ma carte bancaire.

16

Je suis fascinée par la maman et la femme. Comme si deux personnes coexistaient en toi. Tu me dorlotes puis il y a toujours un moment où tu m'abandonnes pour te préparer à sortir. Je dois alors me faire oublier pour t'observer. Le rouge aux ongles est un rituel incompréhensible mais immuable. Je n'ai pas souvenir d'avoir déjà vu tes ongles nus. Transformant un banal geste de coquetterie en véritable discipline.

Tu es un mélange de réserve et d'entêtement. Tu dis très peu de toi, tu veux à la fois ne dépendre de personne et être capable d'avancer, prendre des décisions, faire des choix audacieux, comme celui de quitter l'Allemagne pour Paris. Je ne retrouve pas chez tes sœurs ce trait de personnalité. Comme si un événement particulier de la petite enfance avait inscrit à tout jamais cette maxime en toi : « Avance seule et ne demande rien à personne. » Je ne saurai probablement jamais pourquoi ; à l'heure où tout se délite, il serait surprenant que tu te souviennes de ce qui a forgé ton caractère. Même si les souvenirs les plus anciens semblent toujours bien vivaces. Accepter de ne pas savoir est sans doute la leçon à en tirer. T'accepter toi, telle que tu es, t'apporter au compte-gouttes le soutien nécessaire au rythme que toi seule imprimes. Tous ces souvenirs remontent à la surface et je mesure à quel point accepter que je m'occupe progressivement de ton administratif et du ménage n'a été qu'une rigolade par rapport à ce que tu dois désormais céder sur le terrain de l'autonomie. L'autonomie comme autant de batailles gagnées sur l'enfance, l'économie mais aussi la masculinité, le regard de la société, les principes, les conventions, les qu'en-dira-t-on. On débute dans la vie avec pour seul territoire notre cerveau en pleine expansion, notre pensée en construction, sans savoir que l'on fera un chemin inverse au bout de la route, s'allégeant petit à petit de toutes ces victoires. Simples prêts là où l'on croyait être propriétaire. Contrat de location dont on ne connaît pas la durée, personne ne nous a prévenus à la signature, et de toute façon on n'aurait pas lu les petites lignes du bas.

17

Je suis timide. Papa m'impressionne, je n'ose rien lui demander. Tu me sers d'intermédiaire. Est-ce qu'elle peut regarder *Zorro* à la télé ? lire une heure de plus ce soir ? Plus tard, ce seront les notes que je te chargerai de lui annoncer, et les mauvaises excuses qui vont avec. La leçon était trop difficile, le prof n'avait pas prévenu, j'avais mal compris la consigne. Tu iras même jusqu'à couvrir une ou deux absences, signant les mots d'excuse avec des motifs farfelus, de la panne d'ascenseur au rendez-vous pour l'adoption de chatons que nous avions recueillis.

— *Votre maman est gonflée.*

— *Oui, je sais, elle a toujours eu beaucoup de culot.*

— *Non mais là elle est vraiment gonflée, le visage et les yeux : c'est une allergie.*

Une culpabilité de mauvaise fille s'empare de moi. J'ai acheté du gel lavant aux couleurs un peu fun pour égayer la salle de bains, pour transformer la douche que tu fuies chaque jour, te réfugiant au fond du jardin. Je suis en train de tuer ma mère !

Je remplace donc tous les produits par d'autres, neufs, achetés en pharmacie, austères mais sécurisants. La semaine passe.

Rien n'y fait, Marie me rappelle : Votre maman est toujours gonflée mais j'ai résolu le mystère !

J'arrive, je lui réponds, la conscience soulagée, je ne vais plus être responsable du désastre !

Telle Agatha Christie elle a mené sa propre enquête. En rinçant ton visage, une forte odeur de menthe est apparue.

Tu t'hydrates... au dentifrice. Le geste n'est pas oublié, il est simplement adapté. Tu cherches à entretenir ce corps de femme renié par la société. Tu tiens bon !

Nous te regardons qui nous souris, l'air malicieux.

— *J'ai cru que c'était de la Nivea.*

Pour fêter la bonne nouvelle, nous planquons le dentifrice et je m'embarque dans la manucure du dimanche. Masser les mains, choisir la couleur du vernis, faire sécher, dire des bêtises dans une ambiance musicale. Mets-nous quelque chose de gai, j'opte pour Claude François, tu chantonnes *Belles, belles, belles comme l'amour*, transformant ainsi en moment de grâce toute cette joie de vivre d'un dimanche matin qui ne brillait pas par elle, justement. Tu fredonnes, je vois dans ces quelques notes d'une voix timide une très belle éclaircie et une présence intense.

— *C'est toi dans la chanson, tu es mon rayon de soleil.*

18

Quand nous sortons faire des courses, tu finis toujours par m'offrir une pause boissons en terrasse. Souvent tu prends une bière. Tu lances avec ton petit accent : Un temi et un chus d'abricots, au serveur en apparence stoïque. En Allemagne, ce serait normal. En France, on te regarde de travers. Tu ignores royalement ces œillades offusquées. Je ne sais pas si tu t'en fiches. J'aime à penser que tu ne les vois pas.

Toi et moi, contre le reste du monde. Je suis arrivée comme ça. Parce que tu avais décidé que tu me garderais, malgré ton âge, malgré les proches qui te disaient que c'était « une mauvaise idée », ton enfant ne sera pas normal, tu vas avoir des problèmes, c'est trop tard. Tu plaquais toute ton indifférence sur leur ignorance crasse. Toi et moi, c'était déjà du solide. Toi et moi, sur cette terrasse, avec nos verres et notre insolence pour seules armes. Je me sens forte à ton côté, ton rire effaçant les doutes et les douleurs. C'est une sensation grisante, une maman forte.

Je copie tes postures, rêve d'avoir ta repartie. Épigone de tes répliques, je les note dans le même carnet qui abrite les contrepèteries de Papa. Je construis cette drôle de carte mentale où l'humour et la dérision règnent en maîtres.

— *Qu'est-ce qu'elle est moche, elle, en plus d'être vieille ! Remarque, elle l'a toujours été !*

— *Maman, elle t'entend, c'est un appel vidéo.*

— *Ah, c'est du direct ?*

Tu ne comprends pas vraiment le monde des années 2020, la technologie s'arrête au téléphone mal raccroché et à la télévision qui hurle ses slogans entre deux programmes qui te distraient. L'attente dans ton boudoir intérieur se résume à franchir une nouvelle journée. À admirer la nature, quand bien même celle-ci se limite au jardin de ta résidence et à sa petite locataire noir et blanc. À te réjouir de me voir. Toi et moi, seules au monde, ce monde qui rétrécit. Je regarde le spectacle qui me faisait tant rêver, enfant, quand tu te coiffais et te maquillais pour sortir. Tu mimes désormais les gestes. Parce que au fond, tu continues à rêver à l'amour, pendant que le corps et le cerveau orchestrent leur propre apocalypse au ralenti.

19

Ça frappe à la porte. J'ouvre mais il n'y a personne. Tu t'approches. Ah mais oui ce sont les poules, laisse-moi passer. Je baisse les yeux et effectivement deux petites poules me regardent attentivement. Tu leur envoies des miettes et autres petits restes qu'elles picorent en caquetant joyeusement. Cette relation aux animaux est un mystère. Elles arrivent de la ferme d'en face, attirées par je ne sais quel instinct. Elles attendent que tu leur donnes à manger. Mais une fois rassasiées elles restent un peu. Et toi tu leur parles.

— *J'ai perdu mon fluide, la chatte ne vient que quand tu es là !*

— *Mais non, regarde, elle s'est installée entre nous deux. Elle t'aime ! Moi aussi d'ailleurs je t'aime !*

— *... Moi non plus !*

Quelle étrange mécanique que cette mémoire qui peine à retrouver les prénoms de certains proches mais se souvient de cette chanson que tu connais à peine. Tu souris de tous tes yeux et guettes l'approbation dans les miens. L'approbation et la connivence.

20

La première fois que je vis le sexe de Papa, je le trouvai franchement laid. Papa sortait nu de la salle de bains, un appendice long et flasque entre les jambes. Quand je te demandai si c'était normal, tu m'opposas un silence gêné, j'en conclus que c'était un de ces mystères d'adultes. Cela m'intriguait, toi si généreuse, tu ne partageais pas tout avec moi alors même que j'entrevoyais des choses bien plus complexes que l'existence du Père Noël. Plus tard, le mieux que j'obtiendrai sera un : Tu sais, ton père, en bas c'est pas ça. Je crois même que tu as utilisé l'imparfait de son vivant : Tu sais, ton père, en bas c'était pas ça.

— Je cherche un beau, jeune et riche mais faut que j'arrête de rêver, y a que des p'tits vieux ici.

À mon tour, je suis en train d'*autourdupoter*. La réalité est que je ne sais quasiment rien de ta sexualité. Je ne sais même pas si tu as joui une fois et ce doute m'obsède. Je pourrais m'en foutre, me dire que ce n'est pas l'essentiel de la vie, que tu as aimé et été aimée. Je pourrais me raccrocher à toutes les illusions que Papa et toi avez forgées autour de votre couple en apparence sans histoires. Il y a tant de choses que je ne sais pas sur vous, sur toi, qui ont déjà disparu. Tu ne répondras plus à mes questions, désormais. La jouissance est un bastion féminin, féministe, symbole à lui seul de tous les renoncements d'une vie. Je cherche sur le Net si une assistance sexuelle est possible en Ehpad et tombe sur une statistique : l'orgasme est bénéfique pour la santé des femmes âgées, pas pour celle des hommes vieillissants, qui voient leur risque de crise cardiaque augmenter nettement. Je ris seule à l'idée que nous aurions pu partager cette blague et que tu aurais conclu par cette phrase que tu répètes souvent : Je ne veux plus d'un vieux avec moi, un chien c'est plus simple.

21

Je n'aime pas trop prendre le bain. Ou plutôt être dérangée dans ma lecture pour y aller. Tu m'interromps en plein *Gaston Lagaffe* et ça m'agace. Je résiste mais tu finis toujours par gagner. Je te demande si je peux avoir trois gants. Comme Nany, ma grand-mère aux trois gants. Un pour le visage, un pour les bras et les jambes, le dernier pour les fesses. Tu me dis de bien nettoyer *là*, ta pudeur t'empêche de prononcer les mots. Les fesses désignent le con, le cul mais aussi le sexe, la chatte, tout l'attirail. Tu n'utilises pas non plus les kiki, zizi, minou, fion et autres circonlocutions. Cette syllabe unique *là* pour résumer tout ce que tu ne diras pas. Sobre et pudique, *là* doit être compris entre le « un peu honteux » et le nécessaire.

— *Votre maman aurait besoin d'être épilée.*

— *La moustache ? Je la lui fais tous les mois.*

— *Non, pas là, l'autre. En bas.*

Nous expérimentons la course à la déchéance du corps. De même que tu m'invitais à me baigner, couvrant mon corps d'enfant de mousse et mes joues de baisers mouillés, je dois apprivoiser ton corps vieux. Pourquoi est-ce si naturel de s'occuper du corps de l'enfant et pas de celui de la personne âgée ? Nous avons oublié ces gestes envers nos aînés. Je vais demander à une soignante de s'occuper de toi. Mais je sais très bien que dans ton monde intérieur devenu si flou, ta pudeur règne. Je m'en veux de cette lâcheté. J'en veux à ce corps qui te lâche. J'en veux à ce cerveau qui t'abandonne. J'en veux à la société qui te traite en denrée secondaire, périssable. Qui te ramène à un statut purement logistique.

Au milieu de tout cela, il y a Marie. Qui est là pour toi, te considère comme une personne et voit la femme au-delà de ce corps à bout de souffle et de cette mémoire défaillante. C'est un rayon de soleil et tu ne t'y trompes pas. Tu te jettes dans ses bras pour réclamer un câlin, de la tendresse et des baisers mouillés. Une stagiaire m'a interpellée : J'aimerais faire mon rapport sur votre maman, vous pouvez me dire comment elle était ? Je n'aime pas cet imparfait, tu es bien là, bricolée de toutes parts mais là. Elle voudrait qu'en dix minutes – c'est vendredi, le stage finit aujourd'hui – je te résume. Je n'ai pas envie de faire l'exercice, je n'ai pas envie de considérer que ta vie est terminée, cette stagiaire me met en colère. Sa maladresse est excusable, elle ne sait pas. On ne sait plus. Nous avons oublié ces vies sous prétexte qu'elles s'éteignent doucement, on préférerait qu'elles le fassent sans bruit, discrètement. Pour un peu, on les laisserait finir de se consumer dans un fauteuil au coin de l'âtre, s'il restait des cheminées. Cette stagiaire me met en colère parce qu'elle n'a rien appris de la vie. Elle débite des procédures qui déshumanisent, on ne lui demande plus de réfléchir mais d'appliquer. Elle doit rendre un rapport de stage, transformer ma mère en procédure : lundi la tester cognitivement, mardi l'accompagner durant les repas, mercredi l'accompagner dans la toilette, jeudi l'interroger sur son parcours de vie, vendredi synthétiser la semaine, merci au revoir. Et *hop*, déjà pas bien épaisse, tu seras reléguée au rang de papier. Quelques feuillets bien maigres, ainsi font font font, trois petites pages et puis s'en vont. J'ai envie de hurler mais je me rends compte que ce serait inutile. Je rêve de *procédurer* des Marie par milliers. Comment *procédure*-t-on l'humanité ?

22

J'ai plus de souvenirs que si j'avais mille ans.
Un gros meuble à tiroirs encombré de bilans,
De vers, de billets doux, de procès, de romances,
Avec de lourds cheveux roulés dans des quittances,
Cache moins de secrets que mon triste cerveau[1].

Tu me fais répéter. Les poésies, les verbes irréguliers, les formules mathématiques, l'histoire. Toi qui as quitté l'école à quatorze ans mets un point d'honneur à essayer de suivre, un peu, ce que j'apprends. Tu es fière de pouvoir m'aider en allemand. Parfois, tu ne sais pas. Tu me regardes droit dans les yeux, nous savons toutes les deux que nous sommes face à une impasse. Avec un aplomb incroyable, ou est-ce un naturel dont tu n'as même pas conscience, tu inventes. La fin d'une phrase, une réponse à un sujet

1. Charles Baudelaire, Spleen, LXXVI, « J'ai plus de souvenirs que si j'avais mille ans », *Les Fleurs du mal* (1857).

d'histoire, un nom dont tu as oublié le sens. Au début, je suis déçue et déroutée, parce que ton aide, que j'imaginais providentiellement inépuisable, me vaut moqueries et points perdus à l'école. Au fil des années, je sais par cœur, je lis ton visage et décrypte à quel moment je vais devoir chercher après toi, corriger. Je ne t'affronte jamais dans ce mensonge qui est plutôt un arrangement permanent avec les contraintes de la vie. Ton imagination regorge de mots-valises et d'expressions qui n'existent que pour nous, donc ils existent. Cet univers infini des possibles est une richesse que tu m'offres. Sa poésie me semble bien plus belle que n'importe laquelle des rimes de Baudelaire.

— *Tiens, Miss France a cent ans, je suis plus jeune qu'elle dis donc.*

Les années se mélangent. Tu as tour à tour quatre-vingt-dix, soixante-deux, quinze ans. Je suis ta mère, ta sœur, dans un gloubi-boulga déroutant. Je t'explique avec douceur que je suis ta fille et tu me réponds inexorablement : Tu es ma maman maintenant. Au fond, ces rôles que l'on joue, cette hiérarchie de l'âge ou de la parenté sont secondaires. La seule chose qui compte vraiment, ce sont les sentiments. Ton cerveau peut bien nous jouer des tours, essayer de s'arranger avec la réalité du nombre des années, l'amour est bien là. Tu le sais, tu le sens. Tu le reçois et le donnes. Cela n'a rien d'intellectuel. Du pur instinct.

— *Quel âge j'ai ?*

Tu me poses cette question depuis quelques jours. J'ai voulu t'aider à ancrer cette date du 5 décembre devenue totalement abstraite si ce n'est que, sans plus compter les dodos, tu sais que c'est celle de ton anniversaire. Je suis donc prise à mon propre piège et te réponds : Quatre-vingt-dix ans, tu te rends compte ? Tu éclates de rire, face à l'énormité de ma blague.

23

Je suis ta confidente. Ni toi ni moi n'avons conscience des limites à apporter à cette relation. Tu me dis les échecs, les problèmes que vous avez eus, *là*. La chair, les poils, la sueur, le noir, la chaleur, tout est contenu dans ces deux immenses lettres. *Là*. Je devine tes non-dits. La non-jouissance. Je devine l'insatisfaction de mon père, retranché dans son mutisme. Le couple est un territoire neutre, sans aspérités, sans communication. Chacun est emmuré dans ses frustrations et s'est condamné au silence. Cette pénitence permanente est présente, elle s'invite à table avec nous. L'invitée est malpolie, elle brise sans prévenir les ambiances feutrées. Elle sort sa lame acérée au détour d'une conversation anodine. Je ne sais pas quand les problèmes ont commencé entre Papa et toi. Je suis trop jeune pour analyser la situation. Probablement qu'ils ont toujours été présents. Probablement que le secret de Papa au sujet de ses préférences sexuelles en est une des causes principales. D'instinct, tu as compris qu'il s'agissait d'un terrain glissant et qu'il valait mieux ne pas t'y engager. Qu'aller dans cette voie ne provoquerait qu'une longue descente aux enfers, sans rien à quoi se raccrocher. Tu as choisi la voie du silence qui consent. Ta petite voix intérieure t'aura-t-elle guidée consciemment ? Te seras-tu dit à toi-même ce que j'ai fini par deviner ? Auras-tu compris que le regard de Papa ne se tournait pas uniquement vers les femmes ? que ma marraine n'était pas ta seule rivale ? En ne menant aucun de ces combats, tu as peut-être choisi la seule issue possible. Celle qui te berce aujourd'hui dans la douce nostalgie de ton mari disparu. Seule à table avec toi, Papa en voyage, ma grande sœur déjà partie de la maison, nous construisons notre monde rien qu'à nous. Tu scelles un pacte muet. Celui d'être présente pour l'autre, présente à l'autre, mère et fille unies, avec l'humour pour meilleure arme. Tu m'as bien eue avec tes crêpes !

— *De mon temps, les hommes avaient la classe. Ils te payaient ta femme de ménage, une gouvernante pour les enfants et ils avaient même les moyens d'entretenir une maîtresse !*

On pourrait penser qu'à l'Ehpad, toutes ces histoires de cul et de cœur c'est de l'histoire ancienne, un vague souvenir pour les résidents. Ce serait envisager que l'on passe de l'état d'homme ou de femme à celui de vieux. Pourtant les anecdotes pleuvent, celles que tu m'as longtemps racontées avant que ta mémoire ne t'enferme dans la même journée. Ainsi, l'affolement général à la disparition d'un monsieur que l'on retrouve au petit matin dans la chambre de sa voisine de table, les deux tendrement enlacés dans un lit à une place et qui rient comme des gosses à l'idée qu'on ait cherché monsieur toute la nuit. Les promenades et douces œillades liées à un amour naissant, objet de tous les commérages dès que les tourtereaux sont de sortie. Ils sont encore partis au cinéma. Franchement, ils pensent tromper qui ? On a la séance ici, pourquoi est-ce qu'ils iraient au cinéma en bus si c'est pas pour se tenir la main dans le noir, hein ? Sous couvert de se prêter des livres, on observe les va-et-vient plus ou moins longs de madame vers la chambre de monsieur. 410 a de nouveau rendez-vous avec 309. Vous ne me ferez pas croire que *À la recherche du temps perdu* les intéresse à ce point. Je t'en foutrai des madeleines ! Jusqu'au fatal *Il les lui faut toutes !* qui sonne plus comme un regret que comme une sentence.

Jamais la phrase *On n'est pas dans une cour de récré* n'a sonné aussi faux. On ne quitte jamais l'enfance. On s'en persuade pour se donner une certaine contenance. Quand l'âge a décidé de nous rattraper, on y retourne bien vite. Parce que au final, que reste-t-il, à part l'amour, la littérature et le vin ?

24

Je sais que le Père Noël n'existe pas. J'ai compris à cause de toi. Tu m'as interdit d'aller dans la chambre de ma grande sœur. C'était comme espérer que je n'utiliserais pas la clef de Barbe-Bleue pour ouvrir la porte secrète. Dévorée par la curiosité, je suis entrée dès que tu as eu le dos tourné. Je n'ai rien constaté d'anormal au début mais je ne savais pas non plus que chercher. Je me suis même demandé si les lutins du Père Noël se cachaient dans la chambre. Cela expliquerait certains bruits bizarres que j'entends quand mon tout nouveau beau-frère nous rend visite. Tout semble normal, je m'apprête à repartir quand, saisie d'une idée sortie de nulle part, je me penche pour inspecter sous le lit et c'est là que je les découvre : tous les paquets emballés. Dans un moment de stupeur, je me demande pourquoi tu as autant de cadeaux à faire avant de réaliser que le Père Noël, la Mère Noël, c'est toi. À la fois déçue et ravie d'avoir grandi d'un seul coup, je referme la porte et file à pas de loup.

Le soir de Noël ils sont tous là, ces jolis paquets, je me suis bien gardée d'avouer que je suis grande maintenant. Comme lorsque je faisais semblant de dormir, petite, je fais mine d'y croire. Ton sourire plein de mystère m'émerveille bien plus que cette histoire de gros bonhomme qui pue probablement du bec.

La magie, c'est toi.

— *Pourquoi tu te fais mettre un truc dans le nez ?*

— *Pour pouvoir déjeuner avec toi.*

— *N'en profite pas pour draguer l'infirmier.*

Hier, un nouveau visiteur est arrivé à l'Ehpad. Il portait un pull rose, flambant rose. Flamant ? Non, non, flambant. Aujourd'hui il est bleu turquoise ou vert. Ses pulls sont colorés et cachent une bedaine naissante mais pas son air suffisant.

Il est très jeune dans cet univers du quatrième âge. Je l'observe aller et venir comme nous tous, les jeunes et valides, comme si nous disposions d'un titre de transport pour nous affairer auprès de nos vieux auxquels nous avons la chance de pouvoir rendre visite et que nous continuons à aimer. En temps normal et en d'autres circonstances, il m'énerverait, symbolisant tous ceux qui t'ont si souvent jugée. Mais aujourd'hui c'est Noël, il m'attendrit presque. Les tables sont dressées et parées de leurs atours de fête, vingt centilitres de champagne après quatre-vingts ans c'est suffisant pour prendre une cuite mais largement insuffisant pour moi, surtout quand tu lances toutes les cinq minutes, *reboot* Alzheimer oblige, un salvateur : Bois un peu, c'est la fête, voyons !

À la table d'à côté, une maman lance à son fils une phrase d'une logique implacable: Si tu ne buvais pas, ça ferait facile une bouteille en moins!

Mme Truc s'est endormie à table et son fils patiente en sifflant sa troisième bouteille. On en est tous là, siffler des bouteilles et regarder nos vieux avec toute la force de l'amour parce que c'est peut-être le dernier Noël avec eux et surtout que pouvoir le fêter en 2020, c'est résolument iconoclaste!

Mme Machin vapote et disparaît dans un nuage de Noël sous le regard attendri de son ami venu partager sa demi-bouteille avec elle. La plus grande tablée à notre gauche se lance et je ne peux m'empêcher d'écouter leur conversation pendant que tu roules les yeux et les lèves au ciel en me faisant des signes de la tête.

Je saisis des bribes de conversation.

Finalement c'est bien ce Noël, on n'a rien à faire.

Franchement, la garde alternée six mois/six mois, c'est à tester.

Je n'aime pas les prénoms qui ne sont pas purement féminins ou masculins.

Oui, on pense évidemment à Valéry.

Tiens en parlant de ça, Rika Zaraï est morte, y en a un paquet cette année, mais Giscard ça fait une économie pour l'État.

C'est délicieux, merci Maman, je sais pas pourquoi je voulais m'emmerder à cuisiner.

Ah oui, l'an prochain vous ne serez pas là, à cause de tes parents, c'est pénible ces Noëls alternés.

Quand elle est en bleu elle est moche, Miss France.
Elle fait un peu masculine quand même.
Elle commence à ressembler à Jeanne Moreau.
On est quand même un animal à la base.
Génétiquement, c'est sexuel.
Elle devient comme sa mère Valérie.
Ça va pas recommencer avec Valérie et tes prénoms épicènes !
Qui ça ?
Le mariage civil ça ne vaut rien, je suis désolé.
— *Dites, vous nous prêteriez vos oreilles ?*
Je réalise que c'est à moi que s'adresse la question, posée par le monsieur au pull coloré.
— *Bien sûr, vous préférez les oreilles Père Noël ou les rennes ?*
— *J'hésite.*
— *Prenez les deux.*
Nous pouffons d'un air entendu, nos voisins auront beau se parer d'oreilles de Noël pour leurs photos du réveillon, nous resterons les reines de la grimace ! Je te regarde avec émerveillement. On t'a maquillée ce matin. Un peu trop sans doute, au point que la directrice de l'Ehpad s'est fendue à mon arrivée d'un : Votre maman est maquillée aujourd'hui, vous verrez, je ne suis pas certaine pour la couleur du rouge à lèvres. Tu es resplendissante, tu as dormi avec le foulard que nous t'avons offert, comme faisait ton petit-fils quand, enfant, il jetait son dévolu sur un nouveau vêtement.
Some things never change.

Le repas se termine dans la douce torpeur du champagne et d'un estomac bien tendu.

— *Tu as un beau foulard, Maman.*

— *Toi, tu es belle sans foulard !*

Ce sera mon meilleur compliment.

25

L'odeur de la laque. Ma madeleine. Cela signifie que tu es prête, tu vas bientôt sortir. Je t'admire te regarder dans le miroir. Les ongles parfaits, la moue du rouge à lèvres. Papa déteste le parfum, il te demande d'en mettre le moins possible. Curieusement, l'odeur de la laque ne le dérange pas alors qu'elle masque tout le reste et laisse un sillon qui persiste longtemps après ton départ. Le samedi, tu pars travailler et moi je reste dans ton odeur. Le geste. Amples mouvements circulaires autour de la tête. Cela me fait penser au signe de croix à l'église. Fascinante la quantité de vent que contient cet aérosol qu'il sera bientôt déconseillé d'utiliser pour la planète. Les cheveux brillent. J'ai envie de toucher mais tu suspends mon geste d'un regard sévère. Devant ma mine effrayée, tu ne me grondes pas longtemps ; le regard se transforme en une grimace et nous rions fort. Cela énerve Papa. Tu vas être en retard. La gosse te met toujours en retard.

Les soirs où vous sortez à l'opéra ou au théâtre, il t'aide à enfiler ton vison. Tu glisses dans ton sac à main les petites jumelles dorées qu'il t'a offertes. J'observe cet étrange rituel. Pourquoi donc suis-je laissée ainsi aux mauvais soins de ma sœur aînée ? Tyran investi de la mission de me surveiller, s'appliquant à jouer le rôle à la perfection. Me retenant par le bras pour éviter que je me jette dans les tiens en réclamant des baisers. La gosse va gâcher ton rouge à lèvres.

Le samedi, tu pars travailler, laissant la gosse et le père dans leurs silences réciproques et boudeurs. Ce sont les clients de la boutique qui vont profiter de cette coiffure et de ton parfum. De tes jolies mains.

Je garde pour moi seule le sourire espiègle et les grimaces.

— *Qu'est-ce que tu fais, Maman ?*

— *Je m'entraîne à faire les mêmes grimaces que toi.*

Tu caresses mes mains, mes cheveux, mes vêtements, trouvant jolie une couleur, agréable une texture. Le soir, je te borde avant de rentrer chez moi, tes derniers mots sont des compliments sur ma tenue, tes derniers gestes sont les mêmes que les miens lorsque je réclamais un dernier baiser avant ton départ.

26

Tu observes les gens, ton dada, ta botte secrète. Tu leur inventes des noms, des vies, des histoires. Nous sommes en terrasse, comme souvent le mercredi, tu te lances dans le jeu. Celui-ci, il a un slip kangourou. Lui, il est marié mais il trompe sa femme. Elle, elle travaille dans une bijouterie et a un très beau manteau de fourrure. Tu observes également les regards sur toi, sur moi, sur les autres.

— *T'as fait une touche.*

À table, tu continues à observer les convives, les hommes surtout, la jeune fille est toujours vivante en toi. La maladie ôte tout filtre à la bienséance qui ne t'a jamais dévorée, tu scrutes, absorbée par un détail, une silhouette.

— *Qu'est-ce que tu regardes ? La femme en talons ?*

— *Oui, ses chaussures sont jolies mais c'est le jeune homme que je regarde, il est beau ! Mal coiffé, mais beau !*

J'en ai parfois marre de cette conversation qui tourne en rond. Marre de la météo, des repas, j'essaie de te faire parler de ce que tu aimes. Inlassablement, tu reviens au souhait de rencontrer un amoureux, qui serait gentil et attentionné, ou de revoir tes parents qui te manquent. Il n'y a plus alors face à moi que la petite fille abandonnée, les yeux brillants et tristes.

27

Tu chantes divinement... mal. Tellement mal que c'en devient de l'art. C'est faux, le rythme est fantaisiste, les paroles sont *àpeuprèsisées*, la note est approchée par en dessus, par en dessous. Tu massacres *Carmen*, en y ajoutant une danse du ventre. Tu chantes faux, ma sœur chante faux. Je ne comprends pas comment on peut être autant à côté de tout : le rythme, le ton, la note, tout est raté. Je ne comprends pas comment, moi, j'arrive à chanter juste parmi autant de fausses notes, il paraît que certaines aptitudes, certains traits de caractère sautent une génération. Je ne tiens clairement pas de toi mon chant et ma voix, nous partageons cependant l'amour de la musique.

— *Qu'est-ce que tu chantes ?*

— *Panama ist kein Gefängnis, Panama ist kein Zinzin, Panama ist der letzeste der Swing.*

Aucune idée de l'origine de ce refrain. Nous avons beau remuer ciel et terre, ces paroles que tu chantes depuis des décennies refusent de livrer leur histoire. Quand je crois que tu ne fais attention qu'à la mélodie, délaissant les paroles, tu t'indignes en écoutant *L'Hymne à l'amour*.

— *L'amour ça n'se balaie pas ! Toi je t'ai eue par amour !*

28

Le canapé qui fait dormir est bleu. Quiconque s'y installe est aussitôt pris au piège d'un charme étrange, appelé sieste. Je ne m'en approche jamais, dormir c'est mourir et moi je veux vivre.

— *Viens, on va faire un tour.*

Ton cerveau ne fait plus la différence entre le jour et la nuit. Entre l'action passée et future. Quand je te rends visite, c'est un ballet incessant, il faut s'asseoir, se lever, marcher, se reposer, entrer dans la chambre, ranger un tiroir, ressortir trois minutes plus tard comme si des heures s'étaient écoulées. Les seules activités qui maintiennent ton attention sont la lecture, les ateliers ou les émissions animalières, à condition que je te donne la main, que tu ne lâches pas. Parfois, tu consens à t'installer dans ton fauteuil inclinable. Tes yeux se ferment, je te regarde t'assoupir ; aussitôt, tu rouvres les yeux, comme surprise d'être encore présente. Est-ce ton inconscient qui te pousse à te réveiller encore ? à rester en mode *on* permanent ? Tu braves la mort ou c'est ma propre peur qui me fait croire à la tienne ? La déambulation reprend, pas de répit pour les guerrières.

29

Tu es super forte en calcul mental. Ça m'épate ! Le soir, tu refais les comptes de tes ventes du jour sur un petit papier et tu calcules ta future commission. Papa conserve précieusement tous ces bulletins, y inscrivant la date, gardien de tes journées de travail. Les tiroirs regorgent de ces papiers, de pièces de monnaie en provenance des multiples pays qu'il visite, transformant ces meubles en îles aux trésors, nourrissant mon imagination.

— *Si ma sœur est née dix ans avant moi, j'ai quel âge ?*

— *Dix ans.*

— *Un peu plus.*

— *Tu ne les fais pas.*

Suivant le jour, je ris de tes facéties ou mon sang se glace. Où sont les tiroirs de Papa ?

30

Je te regarde creuser la farine pour former le puits qui recevra les œufs ; tu m'invites à les casser, je m'applique à ne pas laisser de petits morceaux de coquille. Tu verses le lait, fouettes le tout, réponds d'un hochement de tête à ma question muette, c'est prêt. Tu recouvres le saladier en Pyrex vert d'une feuille d'aluminium.

Commence alors la longue attente. La pâte doit reposer. Je me demande ce qui a bien pu la fatiguer. Le supplice me semble interminable. Vient enfin le temps de la cuisson, méthodiquement tu entoures une fourchette d'un morceau d'essuie-tout. L'odeur de la poêle chaude, l'odeur des milliers de crêpes qu'elle a fait sauter. Je ne sais pas pourquoi la première est toujours ratée, c'est une tradition. Elle atterrit, informe, dans mon assiette. Je ne prends ni le temps de la sucrer ni le temps de la savourer, je la gloutonne comme si ma vie en dépendait, comme si cela pouvait être la toute dernière, pendant que tu t'affaires à cuire les autres. Tu en manges rarement, peut-être une ou deux de temps en temps. Tu préfères me les laisser et rire de me voir les dévorer. En Italie, on dit je t'aime avec de la nourriture. En Allemagne aussi. Les crêpes, ça se décline dans toutes les langues.

Quand j'aurai quitté la maison, le rituel sera immuable : venir passer le week-end, bien manger, repartir avec des « restes » dont on sent bien qu'ils forment un tout. Tu me prépareras régulièrement de la soupe et des crêpes à emporter. Elles n'auront jamais la saveur de ces mercredis de l'enfance mais elles garderont le parfum délicat et unique de l'amour que tu y auras mis.

31

Les dimanches sont des jours difficiles. Cette sensation de temps suspendu, qui gangrène même le samedi en Allemagne, quand tous les magasins sont fermés, entrave mon envie de vivre, d'explorer. La tiédeur ne nourrit pas le feu intérieur et c'est à chaque fois une lutte contre l'oubli. Le temps de l'enfance s'étire, un jour j'aurai dix ans et ça me semble une éternité avant d'y parvenir. Je m'ennuie. La lecture n'a pas encore fait son apparition et mon statut d'enfant presque unique m'incite à toujours traîner dans tes pattes. Laisse un peu ta mère tranquille. On joue à la marchande, à la maîtresse d'école. Je n'aime pas les poupées, les jouets de fille. Dans les contes de fées, je veux être celle qui part à l'aventure. En pantalon. Tu me laisses avoir les cheveux très courts. Tu les portes toi-même comme Annie Girardot. Je suis fière d'être ta copie miniature, même si les gens me confondent volontiers avec un jeune garçon. Je joue à être ce garçon, tu m'observes sans juger, tu entres dans mon jeu. Je te raconte mes voyages imaginaires, les animaux fantastiques et gentils, tu serais horrifiée si les dragons devenaient des monstres, si les lions n'étaient pas de mignons félins ronronnants. Nous sommes les seules habitantes de ce monde idéal.

Tu m'inities au rami. Il faut réfléchir, ça me plaît. Tu passes des heures à y jouer avec moi. Les valets, dames, rois et jokers sont vêtus comme dans les contes de fées. Souvent, après le jeu, j'invente une histoire de mage à combattre, de royaume à conquérir, de princesse à sauver. Je ne m'identifie jamais à la reine des cartes. Je déteste les petits chevaux et le Monopoly. Tout me semble long, hasardeux, dénué de sens. Les jeux qui relèvent de la seule chance me déplaisent, me dégoûtent même. Par-dessus tout, je déteste repartir de zéro dans une partie, bien plus que de la perdre. Une fois, j'ai tout perdu au Monopoly, les immeubles, les billets, après la prison j'ai fini avec des dettes. Un bel aperçu de ce que pouvait être la vie...

— *Maman, tu essaies de tricher.*

— *Oui, et alors ? C'est pas interdit, il faut juste faire en sorte de ne pas se faire choper.*

Tu es assise dans la grande salle à manger des dimanches après-midi. Un lieu pour chaque activité. Ces changements de décor évitent la sensation d'un interminable tunnel. À moi aussi, ils font du bien, rompant avec la monotonie poisseuse qui refuse de me lâcher depuis l'enfance. Tu m'aperçois et me fais signe de venir jouer avec vous. Comme je tarde à avancer, saluant d'autres personnes au passage, tu trépignes comme une enfant, tapotant le siège à côté de toi pour m'inviter à te rejoindre au plus vite.

Vous êtes lancées dans une partie de petits chevaux, le cauchemar ! Heureusement, vous êtes déjà quatre, je peux me contenter d'observer la partie. Tu es Jaune. Rouge s'emmêle les pinceaux et fait reculer son cheval une fois sur deux. Bleu est investie d'une mission, le respect des règles du jeu. Elle veille donc à corriger les erreurs et à remettre les chevaux égarés sur le droit chemin. Vert pense que Rouge triche et la fusille du regard, jugeant qu'elle lui a volé son tour. Tu te concentres sur tes deux canassons et cherches parfois mon assentiment silencieux pour vérifier que je suis d'accord avec ta stratégie. Bleu fait semblant de se fâcher après Vert, qui se fait avoir à chaque fois. Tu essaies bien de lui expliquer que tout ça c'est pour rire, mais dans quelques secondes, Vert aura oublié la blague, ton aide et son tour. Vert tourne en boucle dans une variation presque poétique de petits chevaux dont elle aura bientôt perdu la partie. Le jeu dure une éternité, le ravitaillement permet de mieux tenir le coup même si Vert soupçonne Bleu de lui avoir pris ses biscuits.

À la partie suivante, un des rares messieurs de l'établissement remplace Rouge. Vert le regarde de travers, lui demande toutes les deux minutes son nom et s'il sait jouer. Patiemment, M. Rouge répond à chaque fois la même chose. Vous échangez un sourire complice, de la malice plein les yeux. Tu as toujours eu cet effet sur les hommes. C'est comme si certaines choses te suivaient dans l'existence. Il aimerait t'aider à gagner mais Bleu veille, imperturbable capitaine d'une partie qui n'en finit plus de recommencer avec des chevaux qui repartent dans leur écurie et des marelles interminables. Une numéro 5 s'est jointe à la table pour voir si elle se souvient toujours des règles. Vert lui explique. Puis oublie. Puis lui explique. Puis oublie. Numéro 5 s'énerve. Vous me l'avez déjà dit, je sais jouer ! Ben alors, pourquoi vous demandez ? M. Rouge te sourit, tu me regardes en levant les yeux au ciel. Je t'entends penser : Il est gentil, lui, mais moi les hommes c'est fini. Tu dis toujours « les hommes » alors que le tien a pris toute la place, toute ta vie. Il n'est plus là et tu préfères les chiens, maintenant. Vert, numéro 5 et Bleu se disputent sur la règle du jeu : a-t-on oui ou non le droit de doubler un cheval ? Vous venez d'où, vous ? Elles sont bizarres les règles de chez vous. De mon temps, c'était pas comme ça, je peux vous le dire. Ça fait longtemps que vous n'avez pas joué, vous avez juste oublié. Pourquoi vous ne faites que des six, vous ? C'est l'heure du goûter, non ?

Tu aimerais que je gère toute la partie comme une adulte raisonnable la mènerait pour des enfants, je m'exécute et annonce les règles spécifiques, ici et maintenant. L'Oulipo des petits chevaux. Même Bleu ne pipe mot. Me voilà embarquée dans ce jeu alors que je m'étais juré de ne plus jamais y jouer, arbitre des petits chevaux.

32

Nous jouons au Loto chaque semaine. Toujours les mêmes numéros, le grand classique mélange des dates de naissance de la famille. Nous ajoutons parfois celles des chats qui nous ont accompagnés, du cochon d'Inde ou encore de la grenouille. Aucune de ces dates ne nous porte chance, à croire que le bingo de l'amour n'est pas compatible avec celui de l'argent. Papa regarde les résultats à la télé, nous avons enfin au moins trois numéros gagnants, c'est la fête, tu sautilles de joie, jusqu'à ce que ma sœur nous ramène tous à la dure réalité : Papa a oublié de renouveler le jeu...

L'Ehpad organise des activités et jeux semblables, dans le cadre d'un PASA, pôle d'activités et de soins adaptés. Tu as retenu que c'est au cinquième étage, à force de voir le bouton 5 de l'ascenseur, tu restes complètement hermétique à l'acronyme.

— *Tu vas au PASA, Maman ?*

— *Oui, je vais au bazar.*

Aujourd'hui c'est la fête des grands-mères mais c'est aussi le jour du... bingo. Tu es installée dos à la porte et ton sourire surpris quand tu nous vois arriver, Elio et moi, nous réjouit, tu nous reconnais toujours. Nous prenons place à tes côtés pour assister à une partie. L'animateur distribue les jeux. Donnez-moi une carte assortie à mon pull !

Il annonce le trente-cinq, un trois et un cinq, juge-t-il nécessaire de préciser.

Cinquante-trois ?

Non, trente-cinq !

Vous êtes sûres ?

Tes voisines s'exclament :

Elle est sourdingue, elle !

Elle est folle surtout !

Tu n'as pas mis ton jeton sur la bonne case, nous te proposons de le déplacer mais tu me murmures : C'est pas grave, personne n'a rien vu.

Le jeu se poursuit : vingt-deux. V'là les flics ! entonnent en chœur les dames de notre petite assemblée. Il n'y a pas de messieurs aujourd'hui. Tu poses ton dernier jeton et annonce, triomphante : Bingooooo !

Aussitôt, les protestations fusent. Vérifiez ! Elle a dû tricher ! C'est sûr, elle a triché ! Elle a déjà plein de chocolats, et des visites, et en plus elle gagne au bingo ! Tu te lèves, lances un salut victorieux à la cantonade et pars, telle Cléopâtre, tenant ton bouquet de vainqueur et attendant les offrandes de tes sujets.

Je te raconte l'histoire de la grenouille à grande bouche, ta favorite. Celle qui doit réduire la taille de sa bouche en prononçant le mot confiture. Tu t'esclaffes à chaque fois comme si c'était la première, la blague a déjà disparu de ta mémoire depuis hier, avant-hier et toutes les fois précédentes. Nos rires redoublent quand tu t'écries : Arrêtez de me faire rire, ça me fait péter !

Nous sommes trois enfants qui s'attardent dans le jardin, le soleil réchauffe nos corps, nos cœurs le sont déjà.

33

Ta mère est tellement jeune d'esprit ! Je sens pour la première fois une pointe d'envie et d'admiration. Tu es plus âgée que toutes les autres mères. Le qualificatif *enfant de vieux* a mué. Je suis fière de toi, de ta différence, de ton effronterie. Tu cuisines de manière peu variée et pas toujours très bien, surtout des plats simples et conviviaux. On ne s'y trompe pas : des années durant, la salade de riz du mercredi midi sera un rituel partagé avec les copines. Un mélange de thon à la catalane et de mayonnaise ratée, tu n'as jamais su la monter, le riz et les œufs sont encore chauds quand tu les ajoutes au reste, même si tu les tiédis un peu à l'eau. Le tout est servi dans ton saladier en Pyrex. L'odeur de la mayonnaise en contact avec le riz chaud est reconnaissable entre mille. Objectivement, on se rapproche du gloubi-boulga ! Elle a cependant ce petit quelque chose en plus qui manque à n'importe quel autre plat. On y revient et on s'en souvient éternellement, les amies défilent pour pouvoir y goûter. Proust n'a qu'à bien se tenir avec sa madeleine.

— Elle cuisinait bien, ta maman ? Tu mangeais quoi quand tu étais petite ?

— Du couscous avec des frites, c'était très bon, et des chocolats.

Tu as soixante-deux ans depuis quelque temps. En réalité quatre-vingt-dix. Ton cerveau a fait un bond dans le passé. Je sens bien que tu t'interroges sur mon âge et cherches à t'accommoder avec la réalité. Tu me substitues à ta sœur dans la conversation. Tu te souviens de Maman ? me lances-tu, pleine d'espoir. Ma tante devient ma sœur mais tu la trouves rajeunie, ma sœur devient ma tante et tu la trouves vieillie. Ton cerveau remonte tout d'un cran. J'en suis arrivée à la conclusion que cette maladie est une parade trouvée par ceux qui ont peur de mourir pour ne plus avoir à regarder la mort en face. Il n'y a que quand on est enfant qu'on est éternel. Tu laisses tout le monde partir devant et prends tes quartiers dans ce jour sans fin.

34

Nous avons déménagé à Rouen. Il pleut tout le temps. Je déteste cet endroit. J'aimerais revenir à Paris. Je fais mienne ta nostalgie des boutiques de la place Vendôme dans lesquelles tu as travaillé mais que je ne connais pas vraiment. J'ai aspiré tes souvenirs de la capitale. À Paris, tu étais la jolie étrangère ; en Normandie, tu es l'étrangère tout court et tu n'es pas la bienvenue. Ton accent est source de sarcasmes. La Normandie te rejette et tu portes la double peine de l'accent allemand et de la vie parisienne. Ton excentricité est mal vue, on aimerait que tu rentres la tête dans les épaules et te fondes dans la masse. On te voudrait soumise au crachin là où tu rayonnes presque malgré toi, car cette mise au ban n'entame pas ta bonne humeur. Je refuse catégoriquement l'acclimatation à une région et une ville qui te négligent. Je veux retrouver Paris.

— *Maman, je crois qu'il va falloir que tu te rapproches de moi.*

— *Tu as froid?*

— *Non, je veux dire revenir vivre à Paris.*

Quand tu as emménagé à Paris pour la seconde fois, après le décès de Papa, tes yeux brillaient du même émerveillement pour la ville. Elle n'avait presque pas changé, je sentais que tu te demandais pourquoi tu l'avais quittée, comment tu avais pu oser faire cela. Certains retrouvent leur amour d'enfance grâce aux réseaux sociaux, toi, tu as retrouvé Paris. C'était douloureux, tu étais malade, inquiète, âgée, bientôt privée de tes seins, mais la ville était toujours là, fidèle, accueillante, et nous y étions de nouveau réunies.

35

Papa ne jette rien, tu ne ranges pas. Les magazines, les vêtements, tout s'éparpille gaiement. Comme si les objets se démultipliaient. Tous les tiroirs contiennent des piles, des stylos, des tournevis de précision, la montre Lip côtoie la montre publicitaire Sélection du Reader's Digest, des pièces de monnaie, françaises, étrangères, de toutes années, de toutes formes. Papa ne collectionne pas, il entasse, et toi, tu as interdiction de toucher à ce fatras. Quand il vous arrive de m'enguirlander parce que ma chambre est en désordre, j'ai beau arguer que ce n'est pas tellement différent du reste de la maison, vous maintenez que ce n'est pas une raison pour être pire que vous.

Longtemps, les vêtements de Papa n'ont pas bougé des armoires, des tiroirs, de la chaise dans la chambre. Longtemps, son réveil a été remonté soigneusement chaque soir pour continuer à sonner, sans aucune obligation autre que le souvenir. Longtemps, tu as laissé la deuxième brosse à dents et le rasoir, les chaussons. Jusqu'au journal de ce terrible lundi sur le haut de la pile. La table de la cuisine était toujours encombrée de ses journaux, magazines, lettres à envoyer, lunettes et stylos. Longtemps, tu as prolongé le souvenir. Moi, je voulais tout vider, nettoyer, effacer toute trace de sa présence, passer l'appartement au Kärcher, lui faire prendre une longue douche chaude. Et ainsi, laver la douleur. La faire disparaître. Oublier Papa, c'était oublier la douleur, la souffrance, le silence. Oublier Papa, c'était refuser l'anesthésie, vouloir continuer comme si de rien n'était. C'était ma façon de nier son départ. Toi, au contraire, tu le convoquais à chacune de nos conversations. Tu vivais comme s'il était toujours là, respectant absurdement ses petites manies, comme de bien caler le montant de la porte de la cuisine à angle droit, lui laisser sa place à la table familiale, près de la fenêtre. Moi, je luttais en m'attribuant cette place pour que personne d'autre ne la vole.

Tu parlais de lui, j'avais envie de hurler, je voulais te faire taire. La peine était une plaie béante sur laquelle chaque souvenir de lui était comme du sel versé.

Puis, un jour, tu as dit oui.

Nous avons commencé à ranger ses affaires. À les donner, à éparpiller ses souvenirs. Nous avons rempli des dizaines de sacs. Plus nous remplissions, plus nous le vidions de sa substance. J'étais soulagée. L'action faisait barrage à la douleur intense. L'action lui opposait une douleur plus sourde et diffuse. Nous avons fini par ses chaussures. Ses brodequins, comme il aimait à le dire. Tu as alors ressorti ses lettres, les lettres d'amour que tu avais cachées de peur qu'on te les retire aussi. De peur qu'on te vole ton passé.

Je n'avais rien compris. Vraiment rien compris. Là où tout mon être était tourné vers ma propre souffrance, toi, tu criais ton amour. Tu le prolongeais. Tu faisais jouer son écho dans chacun de tes gestes. Comme ces sons en montagne qui n'en finissent pas de résonner.

— *Tu sais, je crois que ma tête, c'est plus vraiment ça.*

Je sentais ton regard me scruter, chercher une lueur d'espoir, un signe pour te rassurer. J'ai été prise de court par ta question qui n'en était pas vraiment une. Mon hésitation a confirmé la réponse que tu redoutais mais que, au fond, tu connaissais déjà. Il y a quelques mois encore j'aurais été en colère. Je refusais d'affronter la réalité, je trouvais que tu ne faisais pas suffisamment d'efforts pour te souvenir, pour raconter ta journée. Sans doute n'étais-tu pas bien sûre toi-même de ce à quoi elle avait ressemblé. Je t'en voulais de me rendre témoin de ce spectacle inversé des premières fois, la première fois où tu as oublié l'heure, confondant le jour et la nuit, oublié ce qui permettait de différencier les deux, oublié de te laver les dents, oublié des prénoms, oublié d'aller aux toilettes. Quand tu te rendais compte de ce qui t'était arrivé, tu accusais la chienne. J'y ai moi-même cru un certain temps, tant tu tenais ton rôle de bluffeuse de la vie. Mais j'ai vite pris conscience que c'était ta jambe qui était trempée. La première fois que tu as oublié de prendre ta douche. Je crois que votre maman éprouve des difficultés pour le shampoing, m'a sobrement annoncé l'infirmière assignée à la résidence où tu te trouvais alors. Une résidence services, tu étais libre de tes mouvements, mais placée sous surveillance.

L'annonce édulcorée est d'une grande violence. On vous délivre toujours les pires nouvelles comme si c'était un simple bulletin météo. Ou par une abréviation. Comme si le code rendait l'information plus facile à digérer alors qu'il la rend surtout plus impersonnelle à balancer.

Je dois me résoudre à l'admettre, tu déclines. Et, loin d'être face à une douce pente de sable sur laquelle tes pieds glisseraient lentement, tu es confrontée à une succession de ravins dans lesquels tu plonges et te cognes. Ce spectacle des premières fois est un miroir de l'enfance, son double inversé qui te dirige vers la mort.

36

Je crois que cette maladie de l'oubli, au-delà de ses manifestations physiques et bien réelles, t'empêche d'affronter la peur du néant. Le gouffre béant d'une mort qui se rapproche à grands pas. L'augmentation de l'espérance de vie repousse les limites mais résume l'existence à un seul état, être vieille. La personne âgée est déjà morte pour la société, elle encombre, la famille s'en éloigne, les politiques la réduisent à une équation logistico-financière. Bien sûr, il y a des résistants, des remariages passé quatre-vingts ans, des divorces de retraite, des maisons des Babayagas, des traitements de plus en plus efficaces pour tous les maux, des résidences services, des assistants médicaux, paramédicaux, culturels, digitaux, familiaux.

La grande majorité silencieuse doit se contenter d'une vie au rabais, transformant ce délicieux boudoir de la vieillesse où l'on pourrait s'installer pour discuter, lire et évoquer les souvenirs en antichambre de la mort. Comment, dans ces conditions, ne pas avoir envie de s'échapper ? Comment, dans ces conditions, ne pas chercher à prendre la tangente pour un monde flou et onirique dans lequel le passé prend le dessus sur le présent, offrant un éternel recommencement et permettant de se glisser dans l'inconscience du temps qui s'écoule ?

Quand tu étais encore vaillante et déterminée, nous luttions beaucoup l'une contre l'autre. Je n'avais pas ouvert les yeux sur cet état de fait : moi, ta propre fille, je cherchais, en t'aidant pour tout, à te faire renoncer, à t'enlever le peu de libre arbitre dont tu disposais toujours. Je n'avais pas compris qu'en cherchant à te soulager, j'effaçais moi aussi la femme pour laisser toute la place à la vieille. Toi, ma propre mère, tu cherchais à me faire entendre raison, par tes moyens détournés habituels. Je croyais refuser de te voir vieillir alors qu'en réalité je t'empêchais presque de continuer à vivre. Je croyais appliquer ta méthode consistant à s'adapter à toutes les situations, et il faut dire qu'elle nous a bien servi pour s'occuper d'une hernie, de la cataracte, du cancer des deux seins puis des os. J'admirais et j'admire toujours ce courage qu'il t'a fallu pour supporter toutes ces épreuves, comme si la mort de Papa avait déclenché les festivités et que la vie s'était acharnée sur toi durant dix ans. J'admirais que tu sois toujours aussi forte pour faire face courageusement dans la tempête.

Tu as franchi un cap important, quitter l'appartement dans lequel vous aviez vécu ensemble plus de trente ans, j'étais soulagée, je pourrais ainsi être présente au quotidien, instaurer une nouvelle vie de famille, prendre soin de toi. Et d'une certaine façon, c'est ce qui s'est passé.

Mais je n'ai compris que tard à quel point tu pouvais avoir peur. Je me suis beaucoup énervée quand tu mentais, me mentais. Je voulais juste que tu me fasses confiance, je voulais être ta tutrice, ta bouée. Je voulais que tu me cèdes un peu, je crois. Comment pouvais-je exiger pareille chose, ta propre enfant, moi l'accident, celle que tu as voulu garder quand tout le monde te conseillait d'avorter ? Il t'en a fallu du courage pour affronter ces tonnes de conseils là où justement tout ce que tu voulais c'est qu'on te laisse agir selon ta propre volonté. Rien ni personne ne nous prépare à cela, la femme âgée n'est pas qu'une petite vieille. La femme âgée est une femme comme les autres.

37

Tu lis peu. Papa t'offre des biographies, de Brigitte Bardot, Romy Schneider, Annie Girardot, que tu dévores comme des *Paris Match*, attentive aux tenues soignées, aux belles tables, aux robes éblouissantes. Tu te nourris des frou-frous, des frivolités qui ont manqué à ta jeunesse.

— *Alors, ils parlent de qui dans ton magazine cette semaine ? Tu as lu l'article sur Brigitte et Emmanuel Macron ?*

— *Qui ça ? Tu vois, ce qui me fatigue, c'est que les noms des acteurs ont tous changé, je ne reconnais plus personne.*

La musique provoque à la fois beaucoup d'émotions et de pleurs mais te ramène aussi à moi. Comme si tu apprenais à marcher, je guide les mots pour qu'ils te reviennent. Je filme en douce ces petits instants de grâce. La lecture aussi. Contre toute attente. Je te demande ce que tu as envie de lire. Spontanément, tu me réclames une belle histoire d'amour, pas trop triste. Dans la maison où tu te trouves, la bibliothèque commune propose une collection éclectique. Je parcours les étagères à la recherche de la perle rare qui me donnera accès à ma maman. Comme un fil invisible relié à la mémoire de ton ancien toi. Je tombe sur un *Livre dont vous êtes le héros*, improbable coquillage échoué sur cette plage.

38

Tu m'énerves. C'est viscéral. Sommes-nous toutes destinées à détester nos mères autant que nous les aimons ? Est-ce la conscience que tôt ou tard nous prendrons leur rôle ? le spectacle d'un futur trop prévisible ? la volonté de s'extraire de cet état à venir ? de faire durer un peu l'illusion que nous avons le choix, que tout est possible, que nous ne deviendrons pas inéluctablement ces vieilles femmes ?

Tu es mère-copine, enviable et enviée. Toutes mes amies veulent faire ta connaissance. Je soupçonne l'aura de ton originalité d'avoir inspiré certaines amitiés naissantes. L'exotisme et l'excentricité. Sans doute sommes-nous trop proches, trop intimes. Je sais tout de tes peines de cœur qui sont aussi tes peines avec mon père. Impossible conciliation fille et femme, je déteste cordialement Papa qui essuie ses pieds au paillasson de tes pauvres rêves de tendresse. Il se tait, t'intimant au même silence quand tu voudrais chanter, même faux, même des réclames. Tu ne m'énerves jamais quand tu fais le clown, tu te fous du ridicule et danses et chantes sur l'air de la pub du couscous *Garbit*, cela arrache toujours un sourire, même à Papa. Les codes de la province où il a été muté sont de ne surtout pas faire de vagues, rester à sa place, cultiver la normalité. J'admire ta manière de t'en moquer.

— *Tu as déjeuné ce matin ?*

— *Oui, oui.*

— *Euh, rien n'a bougé dans la cuisine...*

— *J'ai déjà tout rangé.*

Je pense que c'est encore ton fichu caractère. Ta tête de boche. Têtue. Comme moi. Laquelle des deux va céder ? Je baisserais les armes immédiatement pour perdre contre cette maladie qui te rend double, toi et plus toi. Schrödinger. J'abandonnerais tout de suite si cela permettait de te retenir plus longtemps. Ma conscience refuse de voir. La mère à côté. On en rit. Sacrée toi, tu ne perds pas le nord ! C'est très rassurant de se tromper, d'être totalement à côté de la plaque. On n'affronte pas la réalité. Oh, elle arrive, la réalité, elle ressemble à ce foutu virus, inodore, incolore. Elle flotte dans l'air, elle s'immisce. Au début elle se fait discrète, on ne la remarque pas. Alors, elle en profite, la réalité, elle se sert un petit verre, vide le bol de cacahuètes, elle se sent bien, elle s'installe dans le canapé, confortablement. Elle ne paie aucun loyer, ne figure sur aucun registre mais elle devient bel et bien invitée permanente. Puis, un jour, elle ôte sa cape d'invisibilité. Ironie du sort, c'est le jour de la fête des Mères. Nous sommes venues te voir, tes deux filles sont là pour toi. Je me réjouis de pouvoir t'offrir cette journée, petit bonheur de la vie de se retrouver après plusieurs mois de confinement. Nous entrons chez toi, ce n'est pas toi sur le canapé, ce n'est plus toi. La réalité a pris ta place et nous défie d'un air narquois. Derrière elle, je vois pour la première fois ton regard terrorisé. Tu sais que cette chose va t'emporter. Même si la seule parole que tu prononceras pudiquement est *Je crois que ma tête, c'est plus ça*, tu as compris qu'après la mort soudaine de Papa, la solitude, les deux cancers, tu allais te faire manger le cerveau et assister vivante et impuissante au banquet au cours duquel tu seras le plat principal. J'ai beau jeu de te raconter, de vouloir inscrire ta mémoire pour moi, pour ta famille, écrire les souvenirs avant même qu'ils n'en soient, figer le présent. Pour quand tu ne seras plus là. L'horreur, c'est toi qui l'affrontes.

39

J'ai lu un jour que l'on confond les prénoms des personnes auxquelles on voue le même amour. Cela nous a longtemps convenu à ma sœur et moi, jusqu'à ce que tu fasses pareil avec ta chienne. J'ai beau follement aimer les animaux, je ne peux m'empêcher d'être vexée à l'idée d'être reléguée au rang d'un quatre pattes. Et pourtant, ne serait-ce pas une façon de nous élever vers cet amour inconditionnel, innocent, entre un animal et son humaine ? Tu ne nous laisses guère le choix, aucune place pour l'ambiguïté, cette troisième fille que tu évoques, ce sont bien ces six kilos de chair et de poils roux, mi-chien, mi-renard. Nous voilà en colocation de Maman, ravaler sa fierté, accepter de céder sa place sur le canapé, soupirer, non la chienne ne sera pas traumatisée si nous la laissons deux heures pour aller déjeuner, expédier le thé, oui, promis, je t'accompagne encore pour la promener, supporter la défiance, si si, je t'assure, je peux la sortir seule, elle ne va pas s'envoler si tu n'es pas là. Petit à petit, les noms de tes voisins ont été floutés, se sont transformés, Mme Pupuce pour son yorkshire, M. Pue-du-bec pour l'haleine de son roquet, la mère Abricot, dont la ressemblance avec son caniche orange se voit régulièrement accentuée par un jeu de mimétisme capillaire. Le roux vous va si bien !

— *Ta grand-tante s'appelait Phénomène.*

— *Philomène, il me semble ?*

— *Oui, peut-être, c'est pareil !*

Tu ne retiens plus les nouveaux prénoms. J'ai d'abord pensé que tu te désintéressais des personnes sans extension canine. Puis que tu mémorisais partiellement les noms, les prénoms composés se transformant invariablement en Marie-chouette, ton rire cristallin m'assurant que tu retenais par l'humour ces petits morceaux de vie.

Mais même le rire ne peut désormais plus rien contre ton cerveau qui a décidé qu'il affichait complet. C'est le videur de la boîte et il te fait signe que ce soir, c'est fini, l'entrée n'est plus possible, désolé messieurs-dames, circulez et bonne soirée.

40

Tu chantes des comptines en allemand. Je me demande quelle est cette langue étrange que je ne comprends pas. Tu m'expliques comment tu parlais avec ta maman, tu prononces des mots doux et incompréhensibles à la fois. Quand je serai grande, je parlerai allemand. Ce doit être la langue des adultes. Tu chantes sur de l'opéra en anglais. Tu imites la grosse voix des ténors en gonflant le torse. Je ris aux éclats, Papa aimerait, si c'était possible, écouter en paix plutôt que vous sagouiniez la musique classique. Nous étouffons nos rires. Quand je serai grande, je parlerai anglais. Ce doit être la langue des chanteurs. Tu chantes des publicités en français, avec ma sœur c'est à celle qui chantera le plus mal. Papa et moi sommes énervés par ce massacre, tu chantes du faux italien car tu ne comprends pas les paroles. L'italien avec l'accent allemand, le cocktail est incongru. Je voudrais parler toutes les langues, celles de la musique, celles du cœur, celles de la vie, celles de la pluie et du soleil. J'aimerais posséder un médaillon, celui des *Mystérieuses Cités d'or*, qui commande aux éléments. Je voudrais parler toutes les langues.

O sole mio, chante Pavarotti, *Doch meine Sonne, das bist nur du,* continues-tu.

— *Mais tu chantes celle-ci en allemand?*

— *Évidemment, c'est Maman qui la chantait! Tu te souviens?*

J'acquiesce, comme si, étourdie que je suis, j'avais oublié que j'étais l'extension de ta fille, tes sœurs et ta maman, que je n'ai pas connue. J'ai beau travailler le rôle, il y a toujours un moment où l'impassibilité craque, est faillible. Parmi les nombreux costumes que j'endosse, il y a aussi désormais celui de représentante des familles dans ta nouvelle demeure. Un peu comme à l'école, des délégués sont élus, des conseils sont tenus, des comptes rendus sont rédigés et envoyés aux familles. Une fois de plus, comme quand mon fils était enfant, je suis parent délégué. Je me suis contentée d'inverser le lien, le rôle m'est familier, écouter les uns, apaiser les autres, rire sous cape des comportements absurdes de ceux qui aimeraient que tout soit parfait, que leur rôle de parent soit totalement pris en charge, un 100 % de la Sécurité sociale, de ceux qui exposent un cas personnel, espérant une faveur, de ceux qui râlent pour tout parce que l'on paie quand même assez cher pour cela, de ceux qui trouvent que vraiment tout est parfait mais bon, si on rentre dans le détail, il y a bien un ou deux points qu'il faudrait améliorer.

Enfin, il y a ceux qui remercient. Ils ne sont pas nombreux. Se comptent sur les doigts d'une main! Ce sont les plus précieux. Un soir, l'un d'entre eux m'écrit. On dit souvent qu'il existe un rapport de 1 à 100 entre un ressenti négatif et un ressenti positif. Ce n'est pas vrai, ou du moins cela s'applique à de la propagande commerciale. Je reçois cet unique merci qui vaut pour les 99 silences. Sa portée est immense, comme s'il décuplait l'émotion. Sœurs et frères de peine, pas encore orphelins, lancés sur la même pente. À lui seul, il suffirait à illuminer la journée. Il m'ouvre une petite lucarne sur ce qu'est ta vie lorsque je ne suis pas là. Il te raconte. Je suis touchée de t'entendre t'animer, d'entendre quelqu'un me parler de toi en d'autres mots que pour évoquer ta maladie. Il t'accorde toute ton humanité, voit la femme que tu es, qui ne fait qu'une avec la jeune femme que tu es toujours au fond de toi. Il te raconte, je m'émerveille d'avoir accès au film.

Il vient jouer du piano pour sa maman, toi, tu viens écouter, tu pleures, tu chantes, tu applaudis, tu caresses les cheveux de sa maman et lui tiens la main. Le pouvoir de la gratitude. C'est toi qui me montres le chemin.

— *Pierre joue du piano pour moi, je suis amoureuse mais il ne faut pas le dire !*

41

Je suis somnambule. Tu me récupères dans le couloir. Tombée du lit. En transe. Tu tentes de me réveiller, sans y parvenir. Je ne me souviens de rien au réveil, parfois une sensation diffuse d'une étrange déambulation. Tu racontes l'anecdote et on te conseille de me faire soigner. D'abord inquiète, je prends très vite conscience que tu es de mon côté. Tu t'interroges sur ce qui ne va pas chez les autres. Comment peuvent-ils te suggérer l'idée que je puisse être malade ? Pour un peu, tu leur demanderais s'ils n'ont pas, eux, un problème. La situation est normale, je suis normale, tu es ma mère. Tu t'intéresses à moi et au monde, dans cet ordre-là. Les rêves sont aussi prégnants que la réalité, je te les raconte chaque matin, ça te fait rire. Tu y vois des signes.

— J'ai rêvé d'un chien qui me suivait dans la neige, sans s'approcher vraiment de moi, qu'est-ce que cela peut signifier ?

— Oh, ça c'est ton père, c'est très clair. Par contre, il aurait pu venir me voir.

Ton amie d'infortune perd à peu près autant la mémoire immédiate que toi. Animatrice radio, une voix incroyable, elle a interprété les rêves, les siens et ceux des autres, pendant plus de vingt-cinq années.

Je te trouve avec elle, poussant son fauteuil roulant dans le jardin.

Comme la musique pour toi, les rêves sont pour ton amie un raccourci vers un niveau de conscience plus présent au monde. Je me jette à l'eau et t'interroge : As-tu fait des rêves cette nuit ? Tu me parles souvent de ta maman, quand tu étais valide tu te demandais si elle te rappelait à elle. Tu posais sur moi ton regard clair et interrogateur. Est-ce qu'après tout, le paradis ce ne serait pas un peu pour elle et toi aussi ? Tu as toujours eu une intuition très puissante, je t'incite à la suivre et à te fier à elle pour trouver la réponse. Mais tu me dis avoir rêvé de moi cette nuit. Ton amie ne commente pas. Je me tourne vers elle et lui raconte mon rêve : des panthères, libres dans la rue, des animaux sauvages dont j'admire la souveraineté et la force.

Elle me regarde droit dans les yeux comme si un lien se créait et me lâche : Vous avez beaucoup de colère en vous, il faut la libérer. Avant de me demander si c'est bien ici l'embarquement pour New York. Tu hausses les épaules et lui proposes d'aller se promener. J'aimerais être une petite souris pour pouvoir écouter vos conversations et le stratagème que vos cerveaux inventent pour rendre l'ensemble cohérent.

C'est vrai, il y a beaucoup de colère. Colère contre ce que tu n'es pas, ce que tu n'es plus. Colère de ne pas pouvoir faire plus, et de me sentir piégée. Colère de te faire subir cette autre forme d'enfermement. Colère dès qu'un petit grain de sable se glisse dans ton quotidien. Colère après les autres, après la société. Après mes propres empêchements. J'aimerais pouvoir renoncer à toute ma vie pour m'occuper de toi à temps plein. Colère de ne pas pouvoir te soigner. Colère de me sentir impuissante.

Je suis sidérée par cette réponse, si juste, ton amie a raison. Comment libère-t-on cette colère ? Qu'est-ce qui vient après elle ?

42

Le dimanche matin à la maison, c'est opéra. Tu serais du genre à me laisser dormir tard. Papa n'est pas du même avis. Le caractère de Papa s'impose comme Wagner, dans une explosion immédiate, tous les instruments à la fois. Tout, tout de suite, en même temps. La grosse artillerie. L'orgasme à la première seconde et jusqu'au bout du morceau. Oui, mais l'orgasme est-il aussi fort sans les préliminaires ?

Toujours est-il qu'il ne faisait pas dans la dentelle, le Richard. On a prêté beaucoup de défauts à Wagner, de faire de la nouvelle soupe dans un vieux pot, de n'être que lacunes, d'avoir raté sa vocation d'écrivain. Je crois surtout que, dans sa musique, tous les instruments logés à la même enseigne, soumis au même régime, sont la signature du premier communiste musical. Pourtant, ce n'est vraiment pas du goût de mon père habituellement, lui qui m'interdit d'acheter *Pif Gadget* sous prétexte que ce sont des bolcheviks. Wagner, *Pif Gadget*, toi au milieu, déambulant entre la cuisine et la salle à manger pour apporter les plats, dansant et chantonnant. Toi aussi, tu as un petit côté wagnérien.

— *Tiens, écoute la reprise de cette chanson, c'est moi qui chante.*

— *Ah oui, très jolie… Et là, c'est toi aussi ?*

— *Non, Maman, ça c'est Michael Jackson.*

Chaque lundi, un musicothérapeute vient stimuler vos mémoires défaillantes. Sans que ce soit réellement expliqué, les études reconnaissent unanimement que la musique reste imprimée très tard, après que les mots ont tous disparu. André me confie avec joie que tu t'animes comme rarement il en a été témoin, même si tu as totalement oublié les noms des compositeurs ou certaines paroles. Je me garde bien de lui expliquer que tu ne les as jamais sus, les noms. Tu n'étais pas la mélomane des deux, l'intellectuel de la bande c'était Papa.

Ce soir, c'est concert. Pierre interprète rien que pour nous *O sole mio, Oh meine Sonne,* en allemand, seule version dont tu te souviennes suffisamment pour en massacrer dignement le rythme et les notes. Puis vient la *Valse du petit chien* de Chopin, en souvenir de tous ces animaux que tu as chéris – la chatte de la maison ronronne sur le fauteuil, semblant veiller sur nous.

43

On a gagné ! Tu es très excitée à l'idée de recevoir ce chèque d'un million de francs, à condition de valider ta participation sous quarante-huit heures, de coller tous les petits timbres qui confirmeront ta commande qui vaut pour acceptation du règlement. Je te vois découper, coller, relire, vaciller vers l'incrédulité, te ressaisir, lécher les timbres puis l'enveloppe d'un air décidé. Ce geste sera répété au fil des années, accentué par la possibilité de valider par téléphone et de recevoir tous les beaux articles et les cadeaux en prime parce que vous êtes notre cliente la plus importante.

La première fois que tu gagnes, ce n'est pas le million mais un service à thé, six pièces, complet. Tu m'envoies récupérer le colis à la poste. C'est ma punition pour ne pas avoir cru en toi, en eux. Je rentre avec un colis tout petit, de la taille d'un bol tout au plus. Nous l'ouvrons et découvrons qu'il s'agit d'un service à thé pour poupées. Je ne joue pas à la Barbie. Je l'ai en horreur. Le service est trop grand pour mes Playmobil et tu ne peux décemment pas recevoir tes amies avec un service aussi petit. Tu te contentes d'un « Tu vois » pour clore le sujet.

— *Y a pas un truc qui te plaît dans le catalogue ? J'ai probablement gagné 5 000 euros.*

— *Non seulement tu n'as rien gagné, mais en plus c'est un truc de vieux, c'est moche.*

— *Même les culottes ? Tu veux pas une culotte ?*

— *Surtout pas les culottes !*

Ta sœur en visite chez toi me fait comprendre que tu as eu une petite fuite. Tu ris de bon cœur. N'importe quoi, c'est la chienne. La fois suivante, tu dis que c'est probablement un coup de froid, tu as éternué, ça t'a échappé, un petit accident de rien du tout. Le petit accident ponctuel devient quotidien. Tu me demandes de lancer une machine à chacune de mes visites. Tout comme tu as commandé mes premières protections hygiéniques, je vais devoir t'offrir tes premières couches. Tu ris, penaude. Nous les choisissons avec soin, l'effet peau sèche surtout nous fait rire. Comme les bébés. Vient ensuite le moment où tu dois en porter tout le temps. Ça fait moins de PQ, lances-tu, écolo. Quand tout fout le camp, sauver la planète semble presque secondaire.

— *Si je suis réincarnée en animal, j'aimerais disposer d'encore un peu de verdure.*

44

Tu aimes les jolies tables, les belles nappes blanches impeccablement repassées. Les couverts astiqués, l'élégance du service. Tu n'es pas née avec une cuillère en argent dans la bouche. Même pas une touillette. Mais tu as su très tôt soigner les apparences. Vous nous emmenez au restaurant, le dimanche. Papa aime manger asiatique, il me fait goûter du savon, je déteste. Il a beau essayer de me persuader qu'il s'agit de gingembre confit, je n'en démords pas.

Tu aimes t'habiller pour ces sorties, le voir aussi dans son costume, bien coiffé. Je n'aime pas manger, le restaurant n'y change rien. Mais j'aime l'ambiance, l'accueil, les petites attentions. Plus tard j'aimerai les salons, les *lounges* et autres boudoirs, leur atmosphère feutrée, l'impression que la vie est passée en forfait illimité, le temps suspendu de l'attente transcendée. Oh bien sûr, toutes les zones VIP ne se valent pas, trois cacahuètes et deux pistaches ne suffisent pas à transformer le temps perdu en temps retrouvé. Mais à tes côtés, n'importe quelle modeste gargote, pourvu qu'elle soit bien tenue, pourvu que les apparences donnent l'illusion du luxe, se transforme en étoilé. La magie opère tant que lorsque je réaliserai que les étoiles sont restées dans tes yeux, je nourrirai une forme de rancœur et de frustration. Paradis perdu.

— *Ta tante aime bien Fillon.*

— *Ah bon ? Qu'est-ce qui lui plaît dans son programme ?*

— *Elle trouve qu'il a de beaux cheveux !*

Ta sœur persiste à vouloir te parler politique, du journal, s'indigner, tous des incapables. Depuis qu'elle est veuve, elle développe une conscience citoyenne composée de ce qu'elle pense que son mari aurait pu voter et du look des candidats. Est-ce que voter pour les beaux atours c'est encore de la politique ? Tu as toujours envisagé la politique comme une pièce de théâtre, une farce XXL, même avant la maladie tu aurais pu remplacer « hommes politiques » par ce terme : personnages.

Au début, tu fais bonne figure, répétant ses phrases. Nous sommes toutes trois dans une sorte de déni familier, je n'ai pas tout à fait saisi la nuance. Tu t'en sors avec cette pirouette qui t'a si souvent sauvée de situations embarrassantes. Tu sors tes belles nappes blanches et te réfugies dans l'apparence. Tu dresses le couvert, comme avant. Tu inventes ce que tu ne sais pas, comme avant. J'accepte de continuer à jouer la pièce comme si de rien n'était. Ta sœur, elle, insiste et le masque tombe, elle s'indigne que tu ne t'intéresses plus à rien. J'ai beau la raisonner, elle crucifie ma douleur autant que son impuissance par un : Mais ta mère perd la boule. La violence.

45

On ne peut pas installer de seconde prise pour disposer de deux combinés, j'ai donc tiré une rallonge qui traverse le salon et la salle à manger, puis un bout du couloir pour arriver dans ma chambre. Entre la sortie de classe et l'heure du dîner, jusqu'à ce que tu entres dans la chambre parce que je ne te réponds pas, je suis pendue au téléphone et la facture est salée, le forfait illimité n'a pas été inventé.

Parfois, j'attends que tu sois couchée pour rappeler mes amies, nous mettons en place tout un stratagème, étouffer le téléphone sous la couette, synchroniser nos montres à la seconde près pour décrocher à la première sonnerie, le mode silencieux n'existe pas encore. Tu protestes sans grande conviction le lendemain matin : Heureusement que Papa a le sommeil lourd, moi, je t'ai entendue parler avec tes copines, qu'est-ce que vous pouvez bien trouver à vous raconter en pleine nuit ?

— Allô ? Oui, c'est Maman. C'est bien maintenant que je dois descendre pour le taxi qui vient me chercher ? On va déjeuner tard, non ?

— Euh, non, il est 1 heure du matin, là. Le taxi vient à 11 heures demain matin.

— Ah, j'ai cru qu'il était 1 heure du midi.

— Non, regarde dehors, il fait nuit encore.

— Tu es sûre ? Mince, je vais faire quoi maintenant, j'ai pris ma douche !

— Le mieux c'est de te recoucher, bonne nuit.

— Oui, d'accord, bonne nuit, t'as raison il fait encore noir, j'avais pas vu !

Je me souviens d'avoir raccroché en soupirant, sans mesurer ma chance : tu te souvenais encore de mon numéro, tu te souvenais de l'utilité d'un téléphone. Aujourd'hui, le téléphone sonne dans le vide, soit parce que tu passes ton temps à déambuler dans tous les étages, soit parce que tu le laisses sonner sans plus comprendre que c'est à toi que cette petite musique s'adresse.

46

Dans la famille, nous souhaitons les fêtes la veille, célébrons Noël le 24, la Saint-Nicolas est aussi une fête. Ta belle-mère n'a pas réussi à éradiquer toutes tes traditions. Tu ne manques aucune date. Lorsque nous sommes séparées, tu m'envoies une carte postale. Tu signes et tu ajoutes des dessins enfantins de têtes de lapin, de pattes de chat, de moustaches, une grande simplicité en contraste avec les questions que tu poses : Quand vas-tu te marier ? Pourquoi as-tu divorcé ? Quand est-ce que tu auras des enfants ? Tu finis même par asséner des jugements parce que tu comprends mal ma vie.

— *Tu as quand même une drôle de vie.*

Comme si la normalité t'avait peu à peu rattrapée, grignotant ta liberté de penser, étouffant ta petite voix, te rendant fidèle à quelque chose qui ne te ressemble pas. Comme si tu avais laissé Papa tout décider pour toi.

Longtemps après sa mort, nous fêtons son anniversaire, déjeunant chaque année en nous racontant des souvenirs de lui. Il est resté avec les vivants, tu refusais qu'il devienne celui dont on ne prononce plus le nom, tu as préféré affronter la souffrance de son absence plutôt qu'une seconde mort K.-O. par oubli.

— *Tu crois à la vie après la mort ?*

— *Je ne sais pas trop, Maman.*

— *Non, parce que tu comprends, à mon âge, cela m'arrangerait.*

Tu ne sais plus quel jour on est, tu as pris un aller simple pour ces soixante-deux ans et plus aucune date n'existe. Pour la première fois, nous n'avons pas souhaité son anniversaire à Papa, ri de ses tocs, retrouvé un instant sa colère et ses cheveux en pétard. Tes questions se limitent désormais à : Tu viens me voir bientôt ? Elio va bien ? Il fait beau chez toi ? Plus aucune interrogation métaphysique ne semble te torturer. Je n'ose aborder le sujet, par crainte d'éveiller de nouvelles peurs ou phobies. Tu es comme emmurée vivante. Moi aussi, ça m'arrangerait de savoir.

Le temps a disparu, l'angoisse avec. Je ne sais pas si je ne préférais pas quand tu (te) posais tant de questions.

47

Je suis malade à la naissance, le pronostic vital est engagé. Je m'en tire, il faut voir la lueur dans ton regard chaque fois que tu racontes que je *ronronnais* à la sortie de l'hôpital. Personne ne voulait de moi à part toi, Papa espérait un garçon, tu as un chaton malade.

— *J'ai su que j'étais enceinte de toi grâce au test du lapin.*

— *La position du lapin ??*

— *Non, non, on testait un truc sur les lapins et zou, on savait qu'on était enceinte. Merci, ma fille, pour tout ce que tu fais pour moi, j'ai tellement bien fait de te garder.*

Je ne sais par quel miracle tu continues à me reconnaître, même si le rang est fantaisiste, fille, mère, sœur c'est pareil, répliques-tu à ma question muette. Tu continues d'être aussi reconnaissante à la vie de t'avoir insufflé l'intuition de ne pas faire sauter l'enfant à venir, de me garder dans le secret du lapin. Cette incongruité me fait l'effet d'une ville détruite par les bombardements au milieu de laquelle resterait une modeste bicoque, totalement intacte. Tremblante et fière, défiant la prochaine attaque ennemie.

48

Tu quittes enfin la Normandie, tu me rejoins à Paris. Je suis heureuse de voir tes yeux sans cesse émerveillés de ce voyage dans les rues de la capitale. Tu as retrouvé ta vieille amante, qui t'offre de nouveau sa beauté, sans rancœur, comme si tu ne l'avais jamais abandonnée. Je me demande laquelle des deux a le plus hanté l'autre. Ta venue n'est pas dictée uniquement par des considérations esthétiques. Nos visites à l'Institut Curie ont des airs de *Traversée de Paris*, tu t'extasies sur ma conduite, je suis si fière de pouvoir te montrer mon Paris, te faire emprunter des détours pour que tu découvres une rue, un immeuble.

Le cancer a frappé deux fois, pas à la tête ni au front mais aux seins et au dos. Tu as tenu bon, affronté la peur et la douleur comme un bon petit soldat, comme Augustin Trébuchon, le dernier poilu mort au combat, tu fais face même si cela te semble absurde de lutter.

— *Ce truc devrait partir tout seul à mon âge, non ? Et pourquoi je dois enlever mes dents pour les séances de machinthérapie, ils ne me trouvent pas déjà assez moche sans mes seins ?*

Ces déambulations sont un sas de décompression, tu lâches un peu de lest, t'en remets à moi, me poses les mêmes questions : Que vont-ils me faire ? Un simple contrôle. Tu es sûre ? Oui Maman. Je ne resterai pas là-bas ? Non Maman. Tu me promets ? Oui Maman. Tu me raccompagnes après ? Oui Maman. Mais le cancer, je suis guérie, n'est-ce pas ? Oui Maman. Je peux garder mes dents ?

— *Le technicien va venir réparer ton volet.*

— *Ouh là là, tu fais bien de me prévenir, il faut que je mette mes dents !*

Dans ce nouveau chez-toi, tu lâches aussi un peu la bride, me laisses t'aider, tout en refusant d'admettre que tu as besoin de moi. Tu as perdu tes dents, accusant la chienne de te les avoir volées. Je te demande ce qu'elle pourrait bien en faire, tu ne veux pas dire que tu as pu t'endormir avec. Ce serait avouer que tu oublies. De les enlever. De te laver. De manger. De dormir quand c'est la nuit. Nous retrouvons le dentier tombé sous le lit, tu grondes la chienne pour la forme et je fais semblant de te croire, finalement cela changerait quoi de ne pas faire comme si, comme si tout allait bien et que tout était normal, comme si tout était comme avant ?

Désormais, la chienne n'est plus là pour être tenue seule responsable du larcin, tu oublies régulièrement tes dents à table – tu les enlèves après le repas, comme on pose ses couverts dans l'assiette. Si je te demande où est passé ton dentier, tu rétorques que tes dents sont sur ta table de nuit, et je ne saurais dire si tu le crois vraiment ou si tu pries silencieusement pour que quelqu'un les y ait déposées.

49

Rosy Boost. Le nom est la première et la dernière chose qu'une femme perd dans sa vie. Ton prénom officiel est parti à la poubelle durant les premières années de ta vie. Mystère du diminutif pour distinguer le prénom que l'on a de celui que l'on porte. Ou préparation pour la femme à une série de disparitions ? Tu as troqué Boost pour Huard lorsque tu as épousé Paris et Papa. Maman est venue, par deux fois, se substituer à Rosy. J'aime ce prénom fleuri de chanteuse d'opérette, assorti à tes yeux bleus qui sourient. Papa est Pierrot et je vois toujours ce clown blanc et triste qui n'a pas de plume, au clair de la lune. Pourquoi appelle-t-on diminutif un prénom que l'on rallonge ?

— *Maman, ce soir je vais dîner avec Nath.*

— *Qui ça ?*

— *Nath, Nathalie, quoi.*

— *Ah, je ne savais pas qu'elle s'appelait comme ça !*

Papa est mort et tu ne t'appelles plus Rosy. Tu deviens Mme H, comme une prolongation de ton mari. Sur la tombe de Marcel Proust sont réunis sa mère, son père, son frère et sa belle-sœur. Cette dernière n'a pas de prénom. Son nom de jeune fille y figure bien mais pas son prénom. Comme s'il était plus important d'offrir une éternité au nom hérité du père ou du mari qu'à son identité à elle. Sur certaines tombes du cimetière du Père-Lachaise, le nom de l'épouse figure sur la tombe du mari avec uniquement sa date de naissance. Elles sont encore vivantes mais on a déjà emporté une portion d'elles dans la tombe de leur mari. En France, il n'est possible de changer de prénom et de nom que dans certains cas très précis, mais la société continue à effacer nos noms de jeune fille. Notre prétendue émancipation passerait par le nom d'un autre. Et la fin de l'un entraînerait une amputation de l'autre.

Il y a quelques années, avant la maladie, tu pensais beaucoup à la mort, mais c'est moi qui demande que l'on se souvienne de Rosy.

50

J'admire tes jambes dont les muscles ressortent dans l'effort à chaque coup de pédale. J'essaie de ne pas bouger sur mon siège pour ne pas déséquilibrer notre attelage. Nous partons en voyage, j'aimerais que cela ne s'arrête jamais, toi, moi et le vélo. Une évasion, la liberté. Tu m'emmènes jouer au Jardin des Plantes. Tandis que les autres mères s'assoient sur un banc et discutent entre elles, toi tu t'installes avec moi dans le sable, jetant de temps à autre un œil sur notre vaisseau. Il y a un kiosque magique, tu m'as expliqué qu'une sorcière y vivait, comme dans *Hansel et Gretel.* Elle vend des bonbons et des jouets mais je ne dois pas m'en approcher seule. Je suis fascinée par sa demeure, comment une femme aussi imposante peut-elle vivre dans un endroit aussi étroit ? Tu m'invites parfois à choisir un bonbon. Je prends toujours le collier multicolore. Tu souris à la sorcière, je te trouve tellement courageuse. Tu me demandes pourquoi je ne mange pas, je n'avais pas compris que le collier se mangeait. Il y a aussi des coquillages à lécher. C'est un univers tellement étrange, un château dont j'essaie d'apercevoir l'intérieur quand tu paies. Nous repartons toujours trop tôt. J'aimerais pouvoir vivre pour toujours sur ce vélo.

L'été, chez ta sœur, le vélo est remplacé par Gwendoline. Au début, j'ai cru à une marque, comme Renault. Mais non, c'était juste son prénom, à cette voiture. Elle est verte, nous emmène par monts et par vaux au pays des sandwichs à la viande crue. Quand vous parlez, je ne saisis que des bribes, me laisse bercer par cette drôle de langue.

— *Oh, regarde, elle est vraiment toute petite, cette voiture!*

— *Euh, oui, Maman, c'est la même que la mienne, une Smart.*

— *N'importe quoi, celle-là n'a même pas d'arrière!*

— *Ben la mienne non plus, retourne-toi, tu verras.*

— *... Ah mais oui, dis donc! Pourtant, du dedans elle paraît super grande!*

Tu n'as jamais passé le permis. Tu ne fais plus de vélo depuis fort longtemps déjà. Mais tu aimes toujours être promenée en voiture. Au début, on allait manger des huîtres en Normandie. Ou des moules-frites que les goélands nous disputaient. Déjà, il fallait calmer tes ardeurs. Non, balancer une frite à un goéland n'est pas du goût de nos voisins de terrasse et oui, c'est vrai, il faut ne pas aimer les animaux pour ne pas comprendre qu'ils ont faim, les pauvres.

Quand il a fallu ensuite t'accompagner à l'Institut Curie pour l'opération, les séances de radiothérapie, les contrôles, la vie qui lutte contre la mort, je traversais Paris en choisissant les plus beaux endroits. Je m'arrêtais pour te faire admirer le jardin du Luxembourg, la librairie Shakespeare and Co., Notre-Dame, le Louvre, le pont Alexandre-III, l'Arc de triomphe. Nous avons longtemps continué de prendre un verre, attablées à l'une de ces terrasses que tu affectionnes tant. Chaque trajet était pour toi l'occasion de me montrer que tu aurais su conduire si tu avais voulu : J'ai de bons réflexes, Fais gaffe, il n'a pas mis son clignotant, Non mais il n'est pas bien, lui ! Pas une seule fois tu n'as évoqué la maladie, tes peurs à toi. Tu te contentais de me remercier d'être présente pour toi. Ce dédale médical aurait été insurmontable seule. Ces virées dans Paris, autant de petits bonheurs arrachés au cancer.

Aujourd'hui, je ne t'emmène que rarement en virée. Nous nous limitons au jardin. J'ai mis du temps à comprendre ta mécanique : les malades d'Alzheimer sont très agités, marcher leur apporte souvent du réconfort, une façon de répondre à l'angoisse. Ton cerveau exerce une forme de *reboot* constant, tu oublies que tu as marché dix minutes auparavant. Tu m'engueules presque quand je te propose de te reposer un peu : Mais non, il faut sortir ! Le temps que je fasse une pause pipi, tu as déjà disparu de l'appartement. Je te retrouve dans le couloir et tu es heureuse de me voir comme si je n'étais pas partie trois minutes plus tôt. Cette joie renouvelée m'est cruelle, l'effacement viendra. Il n'est pas possible de raisonner cette douleur. Il n'est pas possible de relativiser l'horreur de ce lent effacement. Bien sûr que la musique et toutes les petites victoires procurent un bonheur intense. Mais je ne peux empêcher la colère lorsque l'on me demande de me raccrocher au fait que tu me reconnaisses encore. C'est une descente aux enfers pavée de bonnes intentions. Les propos apaisés me donnent envie de hurler. « Se faire printemps, c'est prendre le risque de l'hiver. Se faire présent, c'est prendre le risque de l'absence. » C'est bien joli tout ça mais, Antoine de Saint-Exupéry, as-tu déjà lavé les fesses de ta maman et dû en raser les poils pour éviter que la merde séchée y reste collée ? Pas sûr ! Allez, emmène-nous dans ton avion, évadons-nous, laisse-moi retrouver l'odeur de la rose.

51

Rencontrer un beau, jeune et riche, sois indépendante, ton corps t'appartient sont tes rengaines, parfois contradictoires avec ce que tu désignes comme le savoir-vivre. J'ai longtemps considéré que Papa et toi faisiez preuve de lâcheté et d'étroitesse d'esprit, limitant vos choix de vie à des conventions.

—Je te dis que je ne veux pas de chaussettes à laver, j'aurais juste aimé rencontrer un beau, jeune et riche.

Dans une autre vie, tu aurais accepté cette invitation à dîner de M. Arnaud, qui aimerait tant parler allemand avec toi. Il aurait saisi ta main, déposé un chaste baiser sur ta joue. Tu serais tombée amoureuse de lui et des étoiles auraient brillé dans tes yeux. Il t'aurait courtisée à grand renfort de bouquets de fleurs, vous auriez promené ta chienne bras dessus bras dessous dans la douceur d'un soir d'été. Il aurait demandé ta main et, dans tes confidences, tu m'aurais avoué que, même fidèle à la mémoire de Papa, tu avais accepté de refaire ta vie.

Dans cette vie, rien de tout cela n'arrive, tu fais partie de cette génération de femmes d'un seul homme. De ces femmes qui finissent leur vie seules.

52

Le goûter est un rituel sacré. J'ai longtemps cru que c'était lié à mon enfance, il m'a fallu quarante ans pour comprendre que c'était la tienne, volée par la guerre, que tu rejouais.

— *Tous les mardis je vais goûter chez ma copine de quatre-vingt-douze ans.*

— *Ah, c'est cool les goûters de mamies, tu apportes des gâteaux ?*

— *Oui, et mon tire-bouchon ! Le sien est nul !*

— *Vous ne buvez pas du thé ?*

— *Ah non, du bordeaux !*

Le rythme de vie est un pilier de la mémoire qui s'effrite. Il offre une régularité, un cadre auquel tu puisses te raccrocher. La même place à table, les échanges avec tes amies d'infortune. Ce ballet d'absurdités revêt une forme de poésie. La répétition des questions, la patience instinctive avec laquelle chacune répond à l'autre, *ad libitum*, comme si tout cela était normal. Chaque anormalité est singulière, acceptée. Tu t'efforces de maintenir l'autre, d'apporter une béquille à sa mémoire défaillante. As-tu conscience de la sororité qui s'inscrit dans ces gestes ? Hier, vous échangiez des banalités autour d'un verre de vin, aujourd'hui, l'incohérence totale des conversations est passée sous silence. La communauté rit, se dispute, se sourit, s'endort parfois à table, tu es toujours là pour relever la tête d'une voisine qui pique du nez, pousser le fauteuil de l'une qui n'arrive pas à franchir le pas d'une porte, tendre un morceau de pain à l'autre qui ne parvient plus à s'en saisir. Tu coules un regard complice vers moi comme pour me montrer que tu n'es pas dupe. La lutte continue, ultime barrage aux portes de l'absence. Comme un jeu d'enfants où rien n'est absurde, si ce n'est de trouver que certaines choses le sont.

L'enfance et le grand âge constituent les deux faces d'une même pièce. Le regard que tu poses sur la vie, tes yeux emplis de questions tournés vers moi comme si je détenais toutes les réponses, ce sont les mêmes que ceux que je levais vers toi, enfant. Je voudrais que tu passes encore ta main dans mes cheveux.

53

La fierté et la honte s'entrelacent, parfois tu m'éblouis, à d'autres moments tu m'encombres. Quand tu sers des jugements à l'emporte-pièce, assénant un avis populaire et rangé plutôt que de t'appuyer sur ton instinct si sûr. Ton côté Gitane sans filtre plutôt que Vogue sur fume-cigarettes. J'aimerais disparaître, te renier. Puis j'ai honte d'avoir honte de toi. Honte de ta non-éducation, honte de la lire parfois dans le mépris des autres. Cela éveille une colère contre ces bien nés qui ont pour seul mérite d'avoir su tourner la petite cuillère en argent qu'on leur a collée dans le bec. Exacerbe la fierté face à ton esprit éveillé et espiègle, ta repartie pleine de malice, ta capacité à viser juste, instinctivement. Souvent tu m'agaces de ne pas me laisser faire comme je souhaiterais ; je vis comme une entrave les rares fois où tu me refuses notre tacite toi et moi contre tous les autres, notamment contre lui. Papa. À la double personnalité complexe, obscure et lumineuse à la fois, que je saurai dompter sur le tard. Quand j'ai su que j'étais enceinte de toi, il a appelé sa mère pour lui dire qu'il avait fait une connerie, me répètes-tu volontiers. Enfant du hasard, non désirée. Je ne mesurerai que bien plus tard à quel point une connerie peut être précieuse à vos yeux. Mais toi, tu m'as souhaitée, j'ai répondu à ton appel et de lui est né cet amour fusionnel, dysfonctionnel, duquel la haine peut surgir. J'ai honte de toutes les fois où je t'ai rejetée de tout mon cœur.

— *C'est votre fille ?*

— *Oui, j'en ai même deux !*

— *Vous nous aviez caché cela...*, répète ta voisine que je croise trois fois par semaine.

À part, tu confirmes :

— *Elle débloque, à toujours oublier les mêmes trucs !*

Je bascule aussi souvent de la honte à la jalousie féroce. Tu es ma chasse gardée, gare à celui ou celle qui chercherait à te blesser, je sors les griffes pour te défendre des autres et laver ma honte.

Lorsque la maladie se révèle, on remballe tout le matos qu'on range dans le coffre de la R16, honte incluse. Fini les principes idiots du style la nuit est faite pour dormir, les toilettes pour faire pipi et les injonctions du type on ne mange pas avec les doigts. Tout ce qui s'est construit en une vie entière est balayé. Ce ne sont pas tellement les principes, le problème, c'est même plutôt drôle de les dégager. Quand tu as commencé à péter en public et à accuser ton chien d'en être le coupable, j'avais encore un peu honte, mais le sourire n'était pas loin. Que tu continues à discuter comme si de rien n'était, cela nous a beaucoup fait rire aussi ; les rares fois où je levais un sourcil, tu répondais par un haussement d'épaules, simple et concis, qui voulait tout autant dire : Et alors ? C'est la nature ! que : À quoi bon lutter contre ce corps qui a passé les commandes à un insecte fou ?

Puis, la réalité m'a rattrapée. Si tu pètes en public, c'est avant tout parce que tu ne peux faire autrement. Trivial. Désormais, je n'ai plus jamais honte de toi. J'éprouve une immense fierté face à ta dignité. Et qu'on ne vienne pas me dire que celle-ci réside dans le fait de se retenir en public. La dignité, c'est de poursuivre ton petit bonhomme de chemin, un pet après l'autre, alors que la maladie attaque de toutes parts sans que tu comprennes son origine ou la portée des coups.

54

En terrasse, nous écoutons les conversations des autres tables. Tu crois que le monsieur est amoureux de cette dame ? Bien mieux qu'à la télé, tu écris les scénarios. Il y est toujours question de beau, jeune et riche. Ton préféré est l'Américain qui revient en France déclarer sa flamme à celle qu'il a abandonnée quelques années auparavant. Tu me fais les gros yeux pour me signaler une personne, nous rions de façon tout sauf discrète d'une posture ou d'un propos.

— *Tiens, tu as fait une touche.*

J'ai fait la connaissance de toutes les personncs qui s'occupent de ton étage, l'hôtesse d'accueil et les autres familles. Il y a les coquettes. Qui t'aident à choisir soigneusement ta tenue, te complimentent. Tiens, c'est la dame aux super baskets. Elles sont allemandes, devises-tu sagement. Il y a les bonnes volontés. Qui vous maquillent en faisant déborder le rouge à lèvres, vous transformant en clowns tristes des petits matins, lorsque la lumière crue est rallumée et que la fête est finie. Il y a les bougons, pour qui rien ne va jamais. Les repas, les animations, les chambres, le ménage, tout est nul. Il y a ceux qui veulent partir. Je ne suis que de passage, vous savez ! Oui, je sais... Et puis, il y a les perdus. Les nouveaux, dont on sent la sidération, à qui tu souris. Tu t'es auto-investie de leur intégration. Ton accueil est digne d'un séminaire d'entreprise, pour un peu on t'embaucherait. La coordinatrice de l'établissement me rapporte que tu es hyper sociable avec l'équipe. En plus d'être très intéressée par les biscuits et le café. Tu t'occupes des fauteuils égarés. Tu les promènes, comme si à deux vous aviez moins de risques de vous perdre. Tu embrasses souvent leur crâne au passage, ou leur caresses les cheveux. Certains te lancent un regard réprobateur, comme si la caresse avait quelque chose de dégradant. La plupart reçoivent simplement l'humanité de ton geste.

Les familles. Entre habitués, on se salue respectueusement. Certains plus à distance, comme si le handicap et la décrépitude des autres étaient contagieux. D'autres de très près, solidaires du malheur de nos vieux. Il y a aussi un côté horriblement rassurant à constater le moins pire chez toi que chez les autres. Tu te souviens de mon prénom, de mon fils et même de mon chat. La chatte d'ici n'a pas ce privilège. Tu tapes dans tes mains pour la faire venir. Quand elle boude, tu t'agaces.

— Tu sais, Maman, c'est un chat, pas un chien, elle n'obéit à personne.

— Ah oui, comme toi !

Pour se sortir des repas, il faut les vivre comme des dînettes d'enfants. Ne pas lésiner sur les substantifs. Tout est excellent, magnifiquement frais, superbement bon, *températurement* parfait, infiniment goûteux. Passer outre les nappes pas toujours repassées, le nez qui coule, les doigts qui ne sont plus réservés qu'aux seules frites, le dessert allègrement entamé avant l'entrée. Le petit verre de vin résiste mieux que tout le reste dans la tempête. Mieux que l'eau. Nous continuons à jouer au jeu de la terrasse et à épier les conversations des autres tables. Voire à les intégrer. Pour certains, le jeu de la dînette est un peu poussé à l'extrême. M'enfin, nous avions réservé pour 12h15 avec un repas sans gluten. Vous voulez dire que c'est à nous de dresser la table ? L'apéritif est bien inclus dans la formule ? Il n'y a pas de petite pingrerie. Au prix qu'on paie, ils peuvent bien.

55

Papa déteste le parfum. Il t'en offre tout en te sommant d'en utiliser le moins possible. Dès que tu t'en mets, il proteste, ça pue la cocotte. Tu persistes : tout comme le maquillage, les ongles, le parfum fait partie intégrante de ton costume de femme parfaite. On t'a élevée ainsi, tu as compris les codes et tu en joues du mieux que tu peux.

— *Est-ce que je sens ?*

— *Comment ça ?*

— *Est-ce que je sens la sueur ou la pisse ? Je ne sens plus rien, il faut que tu me serves de nez parce que c'est tout mon corps qui part en vrille.*

L'anosmie a depuis longtemps réduit à néant le plaisir de t'offrir du parfum. Mais il y a plus grave et tu continues à en mettre comme si de rien n'était. Tu te rends compte de cette lente guerre lancée contre ta mémoire et tes facultés, cela te terrifie. Tu te raccroches à toutes les bouées possibles et je te sers de garde-fou. J'ai donc désormais la responsabilité de vérifier si tu pues. Cela n'a l'air de rien, dit comme ça, on en rit.

56

J'ai rencontré celle qui veille sur moi. Son nom est Maman, elle est bijoutière et Papa fabrique des Lego en bois. Le travail de Maman est super et Papa organise des canulars téléphoniques. Maman et Papa sont invincibles, aucun monstre n'est capable de leur couper les jambes en randonnée. Ils savent nager même dans des murs, comme le passe-muraille. Grande sœur est une walkyrie qui connaît tous les contes du monde et me les lit. Maman parle la langue des chats et celle des oiseaux. Papa sait siffler des verres alors que moi, je n'y arrive même pas sans les doigts. Il conduit aussi des bolides qui empruntent des tunnels qui raccourcissent le temps et l'espace. Je vis dans un conte de fées et nos vacances sont des aventures dans des forêts inconnues où personne ne se comprend, appelées Allemagne, Suède, Danemark ou Finlande. Nos ennemis sont le soleil ou la foule ou les avions, Papa nous a prévenues, il faut les fuir. Je me nourris de pommes, tomates Roma et lait fermenté. Maman ne me force jamais à manger autre chose, même si Papa trouve que je suis maigre comme un coucou et que je ne comprends pas bien pourquoi il me compare à une horloge. J'apprends la nage à l'indienne et je me demande si cela fera venir d'autres Indiens, maintenant que je suis une des leurs. Maman me protégera.

— *Comment vas-tu aujourd'hui, Maman ?*

— *Bien, tu es mon antistress !*

J'ai rencontré celle qui veille sur toi. Son nom est Marie, à elle seule elle fait entrer la joie et le soleil dans le cœur des résidents. Je m'inquiète de savoir si tu manges bien, quand je ne suis pas là. Trouves-tu le temps long ? S'occupe-t-on bien de toi ? Ta vie est-elle un long couloir ? une succession d'événements incohérents ? Je t'imagine perdue seule dans tes pensées éparses et ce présent qui refuse de s'imprimer. Alors j'appelle Marie, qui me rassure. Ta maman, je m'occupe d'elle comme si c'était toi, quand tu n'es pas là. Tu manges bien, tu marches beaucoup. Parmi les nombreux symptômes de la maladie, la marche effrénée est l'un des plus caractéristiques. Cette déambulation t'apaise et t'épuise à la fois. Même assise, tu passes ton temps à lever les pieds, te relever pour te rasseoir aussitôt. La maladie souffle vent force six, toi, tu continues à marcher, comme pour conjurer le sort.

57

Je n'ai pas les mêmes parents que ma sœur. Les siens sont jeunes, beaux, riches, fêtards. Les miens ont dix ans de plus, connaissent la crise et font rarement la fête. Ma sœur m'a volé une partie de mes parents, en plus de vouloir être ma deuxième mère. C'est trop d'autorité pour moi, je n'en veux pas. Pourquoi ces trois-là s'évertuent à vouloir diriger ma vie ?

— *Pourquoi tu pleures ?*

— *Je pense à mon père, il me manque.*

— *Rappelle-moi comment il s'appelait.*

— *Pierrot.*

— *C'est mon père, ça, le tien s'appelait Frantz.*

— *C'est pareil.*

— *Tu étais heureuse ?*

— *Oui.*

As-tu eu une belle vie ? Ma sœur pense que oui, mes amis, enfants de parents atteints d'Alzheimer, le pensent aussi. C'est tout le paradoxe de cette maladie de l'oubli, elle t'empêche d'avoir des regrets, reportant sur moi l'interrogation de ce qu'il reste de ton histoire, de tes amours, de ton transfuge de pays, de classe. On dit qu'il faut trois générations pour que la révolution s'accomplisse. Il aura peut-être fallu ton effacement pour que j'en assume pleinement la responsabilité, sans chercher à rejeter cet héritage. Dans *En terre étrangère*, Robert Heinlein utilise l'expression « gnoquer », ne plus faire qu'un, une avec l'objet de la réflexion, avec toi. Au travers de discussions avec Elio, je tente de conjurer le sort, que cet accomplissement se fasse sans que tu disparaisses.

58

Maman, ils sont où mes grands-parents ? Ils sont morts à ta naissance. Ainsi va la vie, une sorte de troc : un vieux contre un bébé ? Tu sais, ma fille, je n'ai pas pu revoir ma maman, je ne pouvais pas voyager en étant enceinte de toi. Mes grands-parents ne sont plus là, Maman est seule, tout ça à cause d'un bébé et ce bébé, c'est moi ! Je me promène avec cette casserole.

— *Tu ressembles de plus en plus à Maman. Tu as des nouvelles ?*

Non, Maman, je n'ai pas de nouvelles de tes parents morts l'année de ma naissance. Je ne sais pas non plus quand nous irons les voir. Ton regard de petite enfant perdue me transperce. J'apprends à te mentir, je m'y résous. À inventer une vie à tes parents que je n'ai jamais connus. On rêve tous de faire du cinéma un jour. Peut-être pas de transformer une vie en un film de David Lynch.

59

Les pommes, c'est la vie. Elles constituent la base de mon alimentation. Tu t'escrimes à me faire avaler autre chose mais rien n'y fait. J'ai inventé la monodiète. Je fais parfois une entorse à ce régime, en juin, pour les cerises. Tu m'exhortes à ne pas manger les noyaux ou les pépins, un arbre pourrait pousser dans mes entrailles. Je me demande si ce serait lourd à porter et si mes branches passeraient dans la voiture en ouvrant les fenêtres. Est-ce que les oiseaux se poseront sur elles ? Heureusement, Gaston Lagaffe a les mêmes interrogations que moi : *Oui mais si on danse ?* Sans le savoir, tu m'incites à faire pousser des arbres dans ma tête. La poésie de l'absurde me nourrit bien plus que les quelques goldens que j'avale.

— *Je mangerais bien de la cuisine italienne, des nems par exemple.*

Tu m'as réclamé des nems italiens, je n'ai pas relevé, il y a bien longtemps que mon cerveau rectifie en mode automatique. C'est comme si toute ma vie tu m'avais préparée à ce qui est en train de t'arriver, de nous arriver. La salle à manger est déjà pleine de monde lorsque nous entrons. C'est le week-end, il y a plus de visites qu'en semaine, les rires fusent, le brouhaha des conversations, les verres qui s'entrechoquent. Les repas sont des moments de fête, de l'amour plein l'assiette. Nous sommes à notre petite table habituelle, je dois parler fort pour que tu entendes bien.

— *Tu veux de la sauce sur ton riz ?*

— *Oui, il fait beau aujourd'hui.*

Tu me souris et tes yeux sont emplis de malice, nous savons toutes deux que tu n'as pas entendu ma question et lancé une réponse au pif.

Asie ou Italie, c'est presque pareil, un pays étranger aux recettes exotiques dont tu raffoles. Tu dévores tout en lorgnant mon assiette. Tu veux goûter ? Ton regard gourmand répond pour toi. Notre conversation est économe, bercée par la tendresse de ce moment et le bruit ambiant. Les mots seraient superflus. Tu me demandes si j'ai apporté un dessert. Devine ! Tu rêves d'un gâteau au chocolat. Un gâteau ? C'est bien ça ? Fais voir ! Tu le manges en silence. Lorsque tu relèves la tête, tu as le sourire d'une amante qui vient de jouir. Je te sers un café, tu tournes lentement la cuillère, geste mécanique, remuant un sucre imaginaire ; la petite mélodie de la fin de repas se crée au diapason des autres tables.

Nous échangeons encore quelques mots tandis que la plupart des autres convives s'éloignent déjà de la salle, regagnant leurs appartements à pied, en canne ou à roulettes.

Tes paupières sont lourdes, tu luttes comme tu peux mais ta tête gagne et s'affaisse sur ta poitrine. Je fais signe à nos rares voisins de table. Chuuuut. Le silence se fait dans la salle, même le chat a cessé de miauler pour réclamer les restes.

60

Je sais lire ! Je l'ignorais mais la maîtresse l'a confirmé. Personne ne peut dire quand c'est arrivé. Les mots au tableau ont un sens, ce ne sont pas des dessins pour faire joli. Je découvre que ce que je vois, les enseignes de magasins et les livres ont une pensée. Je dévore tout ce que je trouve. Je lis tard le soir, réclamant la lumière dans le couloir parce que j'ai peur dans le noir.

À la maison, il ne faut rien jeter. Et surtout pas la collection complète des Sélection du Reader's Digest. 1965 à 1985 ; un numéro par mois ; 150 pages par numéro ; 36 000 pages de bonheur ; 36 000 pages pour comprendre. Le monde des héros du quotidien, des vieux et leurs maladies incurables qui finissent par guérir ; 36 000 pages qui vous font croire que le monde est fait de pompiers qui sauvent des vies, de hamsters sur lesquels on pratique des trachéotomies avec une paille pour les sauver de l'étouffement, de fermiers *moissonnés-battés* par leurs machines agricoles, de sourds apprenant à faire de la musique.

En américain, on appelle cela du *bouillon de poulet pour l'âme*. En France, Sélection du Reader's Digest offre une vision prémâchée du monde des plus de cinquante ans. Dès six ans, je commence à engloutir cet étrange bouillon. J'ai faim de tout comprendre. Tout digérer. Et de sauver des hamsters. Toi, tu as sauvé trois chats, des poules, un lapin, un cochon d'Inde et une grenouille de laboratoire. Je ne comprends pas pourquoi je n'ai jamais lu ton histoire dans ces livres, pourquoi mon héroïne favorite n'est pas devenue célèbre.

— Elle écrit encore, cette écrivaine ?

— Non, Maman, Françoise Sagan est morte il y a plusieurs années.

— Ah, je pouvais toujours attendre qu'elle sorte un nouveau livre.

Ces fulgurances me déstabilisent. Tu n'es plus vraiment là, nos conversations sont quasiment réduites à la météo, les repas, des bribes de chansons, tu as bonne mine, elles sont belles tes chaussures et quelques souvenirs épars quand soudain ces phrases de la toi d'avant surgissent, comme sorties de nulle part.

61

Igor et Grichka Bogdanov sont les rois du samedi après-midi. Je ne rate pas un seul épisode de *The Twilight Zone : La Quatrième Dimension.* Depuis celui où le gars, seul rescapé après une explosion de la bombe H, est enfin heureux car il va pouvoir lire et lire et encore lire toute sa vie sauf qu'un jour il casse ses lunettes, jusqu'à celui qui a changé ma vie, je veux parler de l'épisode des petits hommes en bleu. Ça fait des mois, voire des années que je me pose la question des objets qui disparaissent puis réapparaissent. Une vraie énigme. À croire qu'ils sont doués d'une vie propre, d'une autonomie. Une sorte de peuple du silence. Leur vie m'intrigue. Je les observe, je note le temps qu'ils mettent à revenir. Surtout les clefs. Mais grâce aux frères Bogdanov, le mystère est résolu ! Il existe des petits hommes en bleu qui sont en avance d'une minute par rapport au reste de l'humanité. Chaque minute se déroule dans un endroit différent, qui doit être soigneusement construit à l'avance par les petits hommes en bleu pour maintenir l'illusion de continuité. Des déménageurs du temps. Humains. Donc faillibles. Tout s'explique. Les clefs que Papa pose parfois dans l'entrée, qu'on ne trouve plus pendant des heures. Et pourtant, on est quatre à chercher... Parce que sinon, c'est l'orage. Enfin, vous me direz, c'est quand même l'orage ! Papa ne supporte pas qu'on déplace ses affaires, il est ultra bordélique et nous reproche constamment de faire exprès de les toucher pour le rendre fou. Plutôt que de se faire disputer parce qu'on ne se bouge pas, on se fait crier dessus en famille. Vous n'êtes pas foutues de retrouver ces clefs ! Qu'on finit toujours par retrouver là où tout le monde a déjà regardé quarante-trois fois. Mais, maintenant, j'en connais la raison. Est-ce qu'il s'agit d'un oubli des petits hommes en bleu, ou de tours qu'ils nous jouent ? Comme ils sont en avance et qu'ils sont très efficaces, peut-être qu'il leur reste suffisamment de temps pour faire des farces. J'aime bien cette théorie. Des petits farceurs qui écrivent sur des pages blanches. Cela n'arrange guère le caractère déjà franchement « funèsien » de mon paternel, mais enfin, ça met de l'ambiance. On se marre bien grâce à eux.

Il est vrai que, parfois, cela m'arrive aussi de leur donner un coup de main, en cachant un truc ou deux appartenant à Papa. C'est autant pour étayer ma théorie que pour le faire enrager. Ou par envie d'arrêter le temps. Dans ce cas, je sors absolument tous mes jouets, je mélange Playmobil, Lego, petites voitures, tout ce que je trouve dans la chambre y passe. Je les étale, et je me couche en espérant qu'ils auront trop de travail et finiront par se mettre en retard. Car, s'ils se mettent en retard, j'aurai une chance de les rencontrer. Je m'endors, les yeux au plafond, noyés dans le blanc. Le plafond prend soudain vie, ils sont là et s'activent. Encore quelques secondes et je pourrai les toucher ! Mais non, il faut toujours que je m'endorme trop tôt. En tout cas, un matin, quand Papa m'a demandé de ranger ma chambre et que j'ai catégoriquement refusé, ça l'a intrigué.

Et pourquoi donc ?

C'est à cause des petits hommes en bleu !

Quels petits hommes en bleu ? Tes Playmobil ?

Parfois, il me désespère...

Ceux qui te prennent souvent tes clefs et te les rendent plus tard. Ils viennent du futur.

Bon, je crois que mon explication est limpide. J'ai utilisé un ton très posé, je me suis entraînée en regardant le présentateur du journal TV. Puisque je ne peux JAMAIS regarder *Les Jeux de 20 heures*, à cause du sacro-saint journal du soir, autant que ça serve à quelque chose. J'ai donc étudié le ton du présentateur télé lorsqu'il annonce quelque chose de difficile à comprendre. Il prend un air très doux, c'est comme s'il nous caressait des yeux en nous expliquant qu'il va falloir être très courageux parce que ce qu'il a à nous annoncer n'est vraiment pas drôle, mais bon, en même temps, ça pourrait être pire. Voilà l'air que je prenais, pour Papa et ses clefs.

Au lieu de me remercier de lui avoir enfin apporté une explication claire au phénomène, une furie l'a pris ! Je ne retrouve plus mes clefs, en cent fois pire ! Il a regroupé l'intégralité de mes jouets devant ma porte, en hurlant qu'il faudrait quand même un jour que j'arrête de me « foutre de sa gueule ». Je mets des guillemets parce que ça ne me viendrait pas à l'idée d'être aussi vulgaire, mais c'est en français dans le texte et de Papa.

Maintenant, tu ranges et tu ne rentreras pas dans ta chambre tant que tout ne sera pas impeccable !

J'ai ravalé mes larmes. Igor et Grichka, eux au moins, connaissent la vérité.

Je peux pas faire ça...

Quoi ???

Ben, euh, si tu veux que je range, faut bien que je rentre dans la chambre...

Bon, d'accord, j'aurais peut-être pas dû encore la ramener, mais le problème c'est que c'est plus fort que moi, quand je me fais enguirlander par Papa je suis un vrai garçon – pas un garçon manqué, pas une fille.

Encore un mot et je fous tout à la poubelle !

Les larmes coulent toutes seules, j'ai beau essayer d'être un garçon, je suis encore petit(e). Ce soir-là, j'ai rangé mes Playmobil, mes Lego, mes voitures, j'ai tout mis en boîte, et j'ai décidé de grandir. Je n'ai plus retouché à mes jouets, depuis. Des fois, c'est dur. Mais j'ai fait le vœu que, tant que les petits hommes en bleu ne les déplaceraient pas, je n'y jouerais plus.

— Tu es allée chez le coiffeur ? Ta nouvelle coupe te va très bien !

— Pas du tout, c'est moi qui les ai coupés. Je me suis aussi fait une manucure.

Ton esprit refuse de tout lâcher, tu résistes comme tu peux à la dépendance, symboliquement. Dans ta tête, tout se déroule selon une fantaisie nouvelle encore plus marquée que lorsque tu avais pris mon parti auprès de Papa. Tu sais, Pierrot, ils existent peut-être.

À mon tour, je prends le tien. J'aimerais que les petits hommes en bleu reviennent et rangent tous tes souvenirs. Ils en ont égaré beaucoup trop ces derniers temps, et le reste est tout mélangé.

62

Ma sœur se prend pour ma mère, cela m'agace. J'ai déjà suffisamment à faire avec l'autorité des parents, je me serais bien passée d'un troisième. Tu en rajoutes une couche en déclarant que, quand tu n'es pas là, c'est elle ma maman. Mais moi, je n'en ai qu'une. Je n'en veux surtout pas d'autre. Toi et moi contre le reste du monde, tu n'as pas oublié, Maman ? Tu es en froid avec ta propre sœur. Quand je demande pourquoi, tu me réponds : Tout va bien, je ne sais pas de quoi tu parles. L'omerta.

— *Oh, ta sœur a bonne mine !*

— *C'est ta sœur, Maman, la mienne de sœur vient demain.*

— *Ah bon ? Mais elle s'appelle comment, alors ?*

Ta sœur cadette te rend visite. Longtemps, vous ne vous êtes pas vues. Toute mon enfance avec cette tante absente de nos vies. Je ne saurai jamais ce qui vous a fâchées. Le silence et le sujet vous appartiennent désormais. Tout ce que je ne sais pas sur toi, je devrai à présent le deviner ou l'inventer.

Dans le jardin, c'est à son bras que tu t'accroches. Tu marches très bien toute seule, aidée d'une canne, depuis que le cancer grignote lentement tes os. Le bras, c'est pour la chaleur humaine. Une béquille d'amour. Ta sœur propose de vous reposer et de papoter, elle a compris d'instinct qu'il fallait jouer à « tout est normal ». À peine assises, il faut déjà repartir. Ton cerveau lutte même dans les moments doux, cherchant une sortie cachée à cette farce qu'on lui joue. C'est ta sœur qui finit par fatiguer avant toi de toute cette marche et te ramène à nous. On va se promener ? lances-tu une minute plus tard. Cette fébrilité masque l'angoisse de l'immobilité, empêche de contempler la mort trop en face.

63

Maman, est-ce que Papa m'aime ?

Je crois qu'il préfère ta sœur. En plus, il aurait voulu un garçon.

Je voudrais un Papa qui m'aime et me comprend.

— *Je vois la vie en roooosееее.*

— *J'aime bien quand tu chantes ça.*

— *Moi aussi, je t'aime bien.*

— *Je t'aime tout court, Maman.*

— *… Moi, je t'aime tout haut.*

On dit que les gens ne s'arrangent pas en vieillissant. Ce n'est pas tout à fait cela. Un certain fond se révèle et prend le dessus, les filtres et barrières construits tout au long de l'existence sautent un à un pour ne plus laisser que ce qui a toujours été là, même tapi et jamais porté au grand jour. Au fond de toi, il reste beaucoup de lumière et de joie.

64

J'adore mes Kickers. Je voudrais pouvoir marcher sur les mains pour montrer au monde entier leurs jolies pastilles vertes et rouges.

— *Vous avez de belles chaussures, par contre votre jupe est un peu courte. Vous avez de grosses cuisses. Tu as pris des seins, des fesses, mais ça plaît, il paraît.*

Même si je viens te voir en baskets, j'emporte toujours dans mon sac une paire d'escarpins. Comme tu t'es beaucoup voûtée ces dernières années, tu contemples les pieds en premier. Tu admires les chaussures, tu remontes aux jambes, évaluant le degré d'acceptabilité de la tenue, pull trop noir, collant trop opaque, tout y passe, inspection en règle, circulez ! Quand tu reçois de la visite, ce que la bienséance te retenait auparavant de dire est énoncé sans plus aucun filtre. Il pleut des remarques.

Impitoyable, ton regard scanne chaque silhouette et tu grimaces dès que l'une d'elles détonne. Je suis partagée entre le fou rire et la peine que cela peut provoquer.

65

Mai 1981, dans l'ascenseur menant du parking à l'appartement, Papa ronchonne. Je fanfaronne du haut de mes huit ans. C'est Mitterrand qui va passer. Je ne suis pas bien certaine de savoir ce que cela implique mais l'idée me plaît. Avoir raison. Papa a tort, Maman a tort, comme ne dit pas encore la chanson. J'ai envie d'avoir raison, je persiste à trouver que le Parti Socialiste c'est mieux pour une gauchère, c'est être de mon côté, être à droite c'est être à mon opposé. Tu *fatalises*. La vérité sort de la bouche des enfants, Pierrot. Papa nous fusille du regard.

Je ne regarde jamais la télé à 20 heures, le journal est d'un ennui mortel, mais la découverte de ce visage dans lequel j'ai placé l'espoir de ma première victoire de vilain petit canard me transporte de joie. Même si Papa enrage. Va te coucher.

La sentence tombe. Je voulais danser, moi. Je résiste et virevolte dans l'appartement. Tu caches mal ton sourire.

Papa claque la porte pendant que les klaxons résonnent. Tu trouves que j'aurais pu ménager Papa.

Je ne vois pas bien pourquoi je devrais le nettoyer.

Tu trouves que je suis sacrément têtue et, au ton de faux reproche, j'entends ta fierté. Tête de boche.

— *Tu es drôlement têtue!*

— *Je tiens de toi, Maman.*

— *Oui, tu es une vraie tête de boche.*

Votre maman devrait faire des examens plus souvent.

Pour quoi faire, au juste? Contrôler? Mais contrôler quoi? Qu'elle perd la tête et que si elle ne meurt pas d'Alzheimer, ce sera du cancer qui lui ronge les os? À quatre-vingt-dix ans, vous ne trouvez pas qu'on peut commencer à lui foutre la paix? L'ombre chinoise de ma maman est un leurre, on croit qu'elle est là mais elle s'est déjà en partie effacée, laissez-la-moi encore un peu et épargnez-moi votre discours culpabilisant. Je n'ai pas peur que Maman meure, j'ai peur qu'elle vive mal. Je ne veux pas lui offrir une mort retardée mais la plus belle vie possible.

Certains soignants sont guidés par la crainte du reproche, celui de ne pas avoir bien soigné, de ne pas avoir tout tenté. Responsables mais pas coupables. Les progrès de la médecine sont fabuleux, on peut désormais prolonger la vie suffisamment pour se voir mourir d'Alzheimer. Je ris de cet humour très noir qui t'aurait plu, tout comme je sais que je demande exactement ce que tu n'es plus à même de formuler toi-même: la paix.

66

Beaucoup de noms commencent par « la ». Tu parles de la Callas, dont tu admires la voix, mais aussi de la Monique, pour qui tu as peu de considération. Il y a aussi la mère B, que tu détestes franchement. La mère B est une voisine comme il en existe des milliers, étriquée dans son ascenseur, nous toisant de toute sa supériorité de douzième étage, nous pauvres gens du sixième. C'est long, six étages silencieux. La mère B s'offusque que tu nourrisses les chats du quartier. L'immeuble n'est pas une porcherie ! te lance-t-elle, et puis vous ne parlez même pas bien français ! Tu lui assènes alors le coup fatal. Quand vous parlerez aussi bien l'allemand que moi le français, nous pourrons en discuter.

Je suis si fière de ta repartie que je veux devenir toi.

Lors d'un contrôle ophtalmologique :

— *Et là vous lisez quoi ?*

— *Rien.*

— *Ah bon, c'est très inquiétant !*

— *Non, docteur, vous avez simplement la tête devant.*

C'est un mystère absolu et passionnant : les dates, les noms, les souvenirs immédiats, la propreté, l'ordonnancement d'une journée, tout cela a été absorbé dans le vortex de l'oubli mais, comme si certaines ramifications résistaient absolument à tout, l'humour demeure ta planche de salut.

67

Papa a un truc entre les jambes, je ne comprends pas bien ce que c'est. Toi, Maman, tu as des seins, je ne sais pas bien à quoi cela sert non plus mais cette différence m'intrigue. J'ai mille questions que je n'ose pas poser. Cette loi du silence a déteint sur moi, je suis d'une timidité maladive, la peur d'être rejetée se mêle à celle de découvrir de terribles vérités. Qui doit faire mon éducation sexuelle ? Qui peut m'expliquer le mot masturbation et le relier à ce que j'expérimente depuis toute petite sur le canapé de la maison ? La femme de ménage me surprend un jour, je la regarde, curieuse de sa réaction, presque avide de réponses, mais elle détourne le regard, gênée, et je reste seule avec mes interrogations.

As-tu jamais joui ? Cette question me hante. La crainte du non me revient. Il m'arrive parfois d'envisager de t'offrir un compagnon d'un soir. Même si l'on ne distingue plus vraiment de nuit dans ton jour sans fin.

— *Oui ben c'est pas sûr que ce soit ton vrai père !*

— Comment ça ? Tu as eu un amant ? Tu ne m'en as jamais parlé !

— Oh c'était juste quelques fois, comme ça, et puis je n'allais pas tout dire à ma fille quand même, ça ne se fait pas.

Cet amant probablement inventé porte étrangement le même prénom que Papa, Pierre. Puis je me souviens de cet Américain dont tu m'as toujours parlé et dont tu as été amoureuse avant Papa. Réalisant que je ne le connais pas autrement que comme « l'Américain », je te demande son prénom. Peter. J'ai la sensation de te voir évoluer dans *La Belle Histoire* de Lelouch, où les personnages changent de rôle au fil du temps, insaisissables, protéiformes. Je tourne autour du sujet mais ton cerveau refuse de me livrer de nouvelles clefs. Je maudis cette loi du silence qui m'a toujours empêchée de poser des questions. Tu as peut-être eu un amant, peut-être joui, fantasmé sur cette autre femme que tu aurais pu devenir, ces autres vies que tu aurais pu mener ; la somme de ces peut-être, de ce que je ne sais pas sur toi ne fait qu'augmenter, au fur et à mesure que la fin approche. Tant de vides à combler, d'interrogations qui resteront en suspens...

68

Papa est le seul homme et le plus pudique de cette famille taiseuse, les sentiments sont au mieux encombrants et gauches, au pire étouffés et presque honteux, une faiblesse dont on ne s'embarrasse surtout pas. C'est comme si des ombres s'invitaient constamment à notre table, je ne sais pas en décrypter l'origine ou la personnalité mais je sens confusément que ces silences sont autant de mensonges et de coups de couteau à la réalité.

Ce que tu dis est dicté par tout un carcan du qu'en-dira-t-on au ça ne se fait pas, conglomérat issu de ton enfance à la Ligue des jeunes filles allemandes, où l'on t'a appris comment tu deviendrais une épouse et une mère respectable, puis des empêchements que l'on y a ajoutés tout au long de ton existence : une belle-mère lorraine qui ne pouvait que te considérer comme sa double ennemie, allemande et épouse de son unique fils chéri ; Allemande à Paris dans les années 1950, tu avais doublement non voix au chapitre : ton statut de femme et ta nationalité te condamnaient à l'avance à rejoindre le rang des silencieuses.

J'ai longtemps hésité à parler de cet épisode de ta jeunesse. Pour moi, l'Allemagne était avant tout le lieu où tu étais née. Tu ne m'as confié que très tard avoir été contrainte comme la quasi-totalité des jeunes Allemandes de ta génération à participer à ce que le régime nazi présentait comme de gentils groupes de scouts par le biais desquels on s'assurait du transfert des valeurs de la nation. Tu avais neuf ans en 1940, comment aurais-tu pu y voir autre chose que le moyen de te faire des amies, l'assurance d'un repas solide et de chanter dans la joie des hymnes à la gloire de ton pays ? Victime enfant et civile du régime de l'horreur. Toute ta vie, on t'a fait porter le poids de la culpabilité, tu es passée du statut de victime collatérale à celui de complice, insufflant en toi le poison de la honte, tu as payé pour tous ces fous, ces hommes qui en ont massacré des millions d'autres et que l'on résume à « les Allemands », comme si « les Français » étaient de pures colombes innocentes, tous engagés contre Hitler, Pétain et investis dans la Résistance.

Aujourd'hui encore, quand je dis que Maman est allemande, je me heurte à des regards dédaigneux, à la limite de l'écœurement. Une mère allemande, ce n'est pas smart comme une Anglaise, ça ne sent pas le soleil comme une Italienne, ce n'est pas pratique pour apprendre la langue comme une Espagnole, ce n'est pas inspirant comme une Américaine.

Dans les yeux de certains, une mère allemande ne sert à rien. Surtout si elle a conservé un accent.

— *À quoi tu penses ?*

— *Oh, à rien, je t'aime.*

Dans mon imaginaire, la maladie d'Alzheimer était une guerre de tranchées, grignotant progressivement du terrain, annexant des pans de mémoire au prix d'une lutte lente et sans merci. Du jour au lendemain, tu n'as plus posé de questions, et remplacé tes peurs sur ton état de santé mentale par des silences. Je n'étais pas préparée à cette invasion sauvage et immédiate. Parfois, je me demande si tu retiens encore certaines interrogations, gardant pour toi la peur de mourir, la peur de t'absenter à toi-même sans t'en rendre compte, ou bien si ton cerveau crée un rempart, tes phrases répétées et ta marche infatigable t'empêchant d'y voir clair sur ce qu'il te reste de vie.

La plupart du temps, tu souris, pleine d'entrain, tu distribues les compliments et les baisers à tes compagnes de l'Ehpad, petite mère attentive à leur bien-être, poussant le fauteuil de l'une, redressant l'autre qui pique du nez sur un livre, aidant une autre à manger. À tout instant, tu cherches l'attention, le contact et la chaleur humaine. Tu t'indignes avec l'une du peu de visites qu'on lui rend, ris avec l'autre de sa bonne réponse à un jeu. Ta réserve s'est envolée en même temps que les barrières et les conventions.

La maladie presse l'essentiel en direct de ton cerveau et cet essentiel n'est qu'amour.

69

J'ai toujours aimé t'appeler Mutti. Pour beaucoup, l'allemand est une langue dure. Pour moi, elle représente la douce mélodie d'un poème de Goethe et ton sourire quand tu m'apportais le petit déjeuner au lit le matin et que je boudais parce qu'il était trop tôt, même pour un pain au chocolat. Ça ne se faisait pas trop, de parler allemand. Sous prétexte que nos cerveaux d'enfants seraient perturbés, la France finissait de déguster sa vengeance sur l'Allemagne, définitivement vaincue. Enfin, la France, grand-mère Nany avant tout. Tu y as vite renoncé, te contentant de me chanter des comptines, m'apprendre quelques mots et me laisser t'appeler Mutti en cachette.

— *Votre maman répète à qui veut l'entendre qu'elle a soixante-deux ans, il faudrait lui dire quand même que c'est pas possible !*

Certaines personnes aimeraient que la vérité soit placée au-dessus de tout. Tu as toujours arrangé la réalité à ta sauce, ton âge est une précision inutile.

Tes chaussures sont effectivement de fabrication allemande, tu as toujours associé cela à de la qualité et le moins que l'on puisse dire dans ton cas c'est que tout est robuste. La réalité de tes soixante-deux ans réside dans ta capacité à en faire une vérité, ta vérité. Peut-être que ta voisine a raison et qu'au fond, en affirmant haut et fort ce nouvel âge, tu cherches à exaucer ce vœu d'éternité, à conjurer le sort.

70

Tu as perdu ce don que tu avais avec les animaux.

Je suis désormais dépositaire de ton héritage fusionnel avec eux. Non seulement la chatte de la résidence ne s'y trompe pas, elle m'accueille à chaque visite avec force miaulements et ronrons, mais cela ne t'a pas échappé non plus.

— *C'est toi qui l'as maintenant !*

— *Quoi, Maman ?*

— *Le fluide.*

Ton regard me transperce, mélange de fierté et de nostalgie.

71

Vous m'avez abandonnée. Je suis désespérée. Papa et toi, sûrement partis pour la vie. À bord de cet immense « bateau » à pédales ! Je scrute l'horizon du lac qui marque la fin du monde. Ma sœur m'annonce que tu ne reviendras pas, puis elle rit. On dirait une sorcière. Elle cherche à me consoler, désolée, me dit que tout ça c'est une plaisanterie, vous n'êtes pas partis pour toujours. C'est trop tard, je pleure toutes les larmes de mon corps. Cela continue même lorsque vous revenez au bout d'une heure, le sourire tout à votre bonheur tandis que ma vie était en ruine, une tragédie, condamnée que j'étais à vivre avec ma grande sœur, ce monstre sans cœur. Ma mémoire a cristallisé ces instants, le corps n'oublie pas.

Ce matin, Marie m'a appelée, elle a lancé une vidéo WhatsApp :

— *Je t'appelle car ta maman pleure, cela lui fera du bien de te voir.*

— *Tu sais pourquoi elle pleure ?*

— Elle dit que ses enfants l'ont abandonnée, que vous ne venez pas la voir, je lui ai rappelé que tu viens trois fois par semaine mais elle oublie, je te la passe.

Je te souris et te rassure, je reviens dans quelques jours. J'essaie de t'expliquer le nombre de dodos qui nous séparent. Tu me demandes en boucle quand aura lieu ma prochaine visite, avide d'une réponse que je répète six ou sept fois. Me crois-tu ? Quelle dimension prend ce temps que tu ne sais plus compter ? Ta réalité et celle de mon enfance ne font qu'une, nous sommes persuadées d'avoir été totalement livrées à nous-mêmes, abandonnées, et rien ne peut apaiser cette peine, nous sommes unies dans cette sensation commune. Je comprends que tu te sentes légitimement délaissée alors que nous nous sommes vues il y a peu. Cela pourrait prêter à sourire mais la sensation d'éternité que tu dois éprouver me glace d'effroi. Je t'imagine sur une plage, guettant le retour du bateau à bord duquel nous sommes tous montés.

Abandon par pédalo, ça va chercher dans les combien ?

72

Toute petite déjà, je t'imaginais morte et immobile, je tournais autour du cercueil, ne pouvant me faire à ta disparition. J'étais persuadée d'avoir un pouvoir surnaturel, je te ressuscitais et nous nous jetions dans les bras l'une de l'autre, des larmes de joie coulant sur nos joues pour célébrer ces retrouvailles. Tu reviens de tant de batailles, l'enfant au fond de moi espère toujours avoir un superpouvoir, veut croire en ton éternité.

— *Tu sais, quand je mourrai, tu pourras m'enterrer avec le manteau de fourrure que ton père m'avait offert pour notre mariage.*

— *Euh, c'est pas très gai ce que tu me racontes, Maman, mais je le note.*

— *Mais si, je serai mangée par les mites avant que les vers m'attaquent, je préfère !*

Un jour tu ne seras plus là, comment le monde fera-t-il pour tourner sans toi ? La simple idée de faire partie d'un monde auquel tu n'appartiens plus me donne le vertige.

Bien sûr, je sais que c'est notre lot à toutes et tous, bien sûr, je sais que le moment venu j'emporterai avec moi tous ces souvenirs, bien sûr, je sais que la vie nous fait le cadeau de tant d'amour et d'humour réunis, bien sûr. Je sais tout cela, je pourrais dire que je me prépare à ce que tu ne sois plus toi, ce qui est déjà en grande partie le cas tant la maladie te ronge à petit feu, mais je ne serai jamais prête. Je repousse sans cesse la fin de l'écriture, tant que ce livre demeure au stade de manuscrit tu ne peux pas mourir. Tant que je ne poserai pas le mot *Fin*, tu seras vivante. Je suis ton Joel tu es ma Clementine, je te donne rendez-vous à Montauk[1].

Tu ne parles plus de la mort. Pas depuis que tu as décidé d'avoir soixante-deux ans pour le restant de tes jours. Est-ce enviable ? confortable ? Ou est-ce que dans une élégance infinie tu tais désormais ta peur, ne me la partages plus, rendant ainsi vraie la phrase d'Orson Welles : « On naît seul, on vit seul, on meurt seul. » Tu as atteint un point de non-retour, je ne peux plus avancer avec toi. Je te regarde t'éloigner lentement, mesurant la chance de t'avoir connue, eue pour maman, complice, modèle qui ouvre la route, petite anonyme au grand cœur.

1. Référence au film de *Eternal Sunshine of the Spotless Mind* de Michel Gondry, 2004.

73

Je regarde ta bouche entrouverte, ta tête renversée en arrière. Ton très léger ronflement me rassure, tu es toujours vivante. Je résiste difficilement à l'envie de glisser un doigt dans l'orifice, ce qui me ferait rire mais te réveillerait, j'ai du respect pour le sommeil des autres, je sais à quel point il peut être rare et précieux, seule couche-tard dans une famille de lève-tôt qui considère que le jingle de France Info est un réveille-matin acceptable. Tu t'es assoupie, bercée par la conduite de Papa, ma sœur squatte la place du mort à chaque voyage, forte de menaces de vomissements – dont on n'a jamais vu la couleur – si elle monte à l'arrière. Je t'ai pour moi toute seule et peux donner des coups de genou par inadvertance dans le siège avant, cela ressemble très fortement au bonheur.

— *Oh, tu es venue me voir, comme je suis heureuse, je n'ai pas beaucoup de visites ! On va faire un tour ?*

Tu t'es de nouveau assoupie, il ne se passera pas plus de dix minutes avant le *reboot.* La télé en sourdine peut allonger momentanément ton répit mais ton cerveau reprendra le dessus pour te forcer à te réveiller et à t'activer, une remise à zéro complète de la sortie précédente aura été faite, tu seras alors dans l'urgence de marcher. Parfois, le temps que j'aille aux toilettes, tu as déjà remis ton manteau et filé à l'anglaise.

Ils m'ont annoncé qu'ils te donnaient un somnifère pour dormir. On ne m'avait pas prévenue, acte posé pour ne pas avoir à s'occuper des vieux la nuit ? De scandalisée je passe à effrayée en réalisant que ces dizaines de redémarrages t'épuisent littéralement.

74

Je t'ai offert un couple de petits vieux, des fermiers qui changent de couleur pour donner la météo. Je t'ai volé un peu de monnaie pour compléter, mon argent de poche ne suffit pas à payer ces horreurs qui vont trôner au milieu de ta collection de chouettes. Tu les as tout de suite adoptés, tu les as regardés avec les yeux de l'amour et moi j'étais à la fois extrêmement fière et honteuse de mon larcin. Tu as fait semblant de ne pas voir ce qui manquait dans ton porte-monnaie. J'ai mal au ventre, je ne dors plus, je brûle de tout t'avouer, j'ai peur que tu ne m'aimes plus. Je crois avoir fini par te le dire et avoir été effarée que tu hoches la tête en *cenestpasgravant*.

Je n'ai souvenir d'aucune colère ou déprime en toi. Ce pourrait être une figure de style, c'est une réalité, tu sembles immunisée contre les violences et les tempêtes intérieures. Pour ce vol, pour toutes les autres fois où je pensais te décevoir, tu n'as jamais dit un mot plus haut que l'autre, laissant à Papa le soin d'exploiter tout son potentiel soupe au lait. Tu m'as énervée des centaines de fois, je n'ai pas hérité de ce calme proche de l'indifférence et de la résignation que tu as affichés en toutes circonstances. D'où te vient cette froideur apparente ? cette économie de mots et d'émotions ? Est-ce ta nature profonde ? une contrainte de l'enfance que tu as faite tienne ? Les seules fois où tu t'autorises à pleurer sont réservées aux beaux films, aux animaux et aux histoires des autres. Comme s'il t'était impossible de libérer les larmes pour toi-même.

— *Votre maman a pleuré ce matin.*

— *Elle vous a dit pourquoi ?*

— *Elle voulait un câlin.*

Je te rends visite aujourd'hui, je serre ta main et tu réponds si fort que tu me fais presque mal. La petite enfant en toi réclame de la tendresse, de l'amour, comme si soudain tu ouvrais les vannes à fond. Tu parles beaucoup de tes parents, tu pleures leur absence. Je ne saurais dire si, ainsi, tu les réclames ou penses que tu les rejoindras bientôt.

75

Des milliers de joies à la campagne, de virées au bord de la mer, c'est l'enfance d'Elio avec Papa et toi, les souvenirs de vacances pluvieuses, vacances heureuses. Il a conjuré le sort normand jeté sur toi et moi, l'enfant de la réconciliation. Comme toute jeune maman, je t'ai abreuvée de recommandations que tu t'appliquais à ne pas respecter, je n'aurai jamais réussi à faire de toi une mamie raisonnable. Tu avais interdiction de l'emmener chez McDo, tu t'empressais d'en rapporter pour un déjeuner, que vous dégustiez avec des couverts, servis sur une assiette et cela, plus que braver l'interdit maternel, vous faisait glousser de rire quand tu m'avouais vos méfaits. À Pâques, il t'aidait à retrouver les œufs en chocolat quand tu oubliais leurs cachettes. À son anniversaire qui tombe en plein été, tu préparais des crêpes qui chantent dans la poêle. À Noël, tu prenais une grosse voix pour te faire passer pour le Père Noël – lui comme nous tous faisions semblant de te croire.

— *Comment va ton fils ? Comment vont tes enfants ?*

Le prénom d'Elio et son statut de petit-fils restent très clairs dans ta mémoire même quand tu mélanges les rangs, les filiations comme un enchevêtrement de câbles électriques, semblant toujours disposer d'une logique qui leur est propre. Ça a été difficile pour lui d'affronter ta déchéance, la regarder en face. Tu étais la grand-mère fantasque qui donne le cœur léger. J'étais confrontée au dilemme de l'épargner, lui, ou de te considérer comme morte avant ta disparition. Bien sûr, c'était inconcevable. Il a fallu beaucoup de force à Elio pour devenir l'un de tes piliers. Comme il a grandi ! t'exclames-tu à chaque visite. Tu t'es tassée avec les années, l'effet perspective amplifie sa haute taille, tu te blottis contre lui.

Je suis si fière de vos courages.

76

Maintenant, il faut assumer d'être une fille. Cette phrase n'est pas de toi. Les cheveux courts ? Et alors ? Les jupes et les rubans pour les filles, mais pourquoi ? Quand on te fait remarquer que je ne devrais pas jouer au foot, me rouler dans le sable et faire pipi debout, tu ris parce que tu trouves ma liberté formidable, et encore plus formidable que je sache viser en basculant mon bassin. Tu ne vois pas où est le problème.

Tu as les cheveux courts. Très courts. Sur toutes les photos de toi, même enfant. Je ne t'ai jamais imaginée autrement. Tu ne portes jamais de jupe ou de robe, de hauts talons non plus. Je ne veux pas porter de jupe. Moi aussi, j'ai les cheveux courts. Ça m'arrange bien. Je préférerais être un garçon. Tu me répètes que Papa voulait un garçon. Je le déteste cordialement. Ta féminité passe essentiellement par les seins. L'héritage sera généreux et encombrant. « Maintenant, il faut assumer d'être une fille » est la phrase que je lance au miroir quand je décide de me laisser pousser les cheveux, de porter des robes, d'avoir dix ans et de devenir une vraie fille. Mes cheveux ont poussé, les tiens sont restés courts, j'ai rangé mon garçon manqué et nous n'en avons jamais reparlé.

77

Ma sœur et toi portez des sabots à la maison. Lubie rapportée de Suède. Vous avez voulu m'y convertir et j'ai catégoriquement refusé. C'est lourd et c'est moche. Je vous regarde déambuler avec vos nouvelles trouvailles comme si vous étiez à un défilé de mode. Tu m'en as offert une paire en cuir noir, les vôtres sont blancs. Vous avez beau vous moquer et prétendre que je n'y connais rien en goûts vestimentaires, je n'en démords pas. Une sorte d'instinct de survie me pousse à refuser ces horreurs. Le sabot noir marque l'attribution du rôle de vilain petit canard dont je ne me déferai jamais totalement. J'habite chez vous depuis une planète intérieure qui m'est propre. Le sabot noir ne sera pas chaussé mais en sera l'emblème, marquant pour la première fois mon drapeau indépendantiste du sceau de la rébellion. Paradoxalement, vous ne cesserez de jouer les tentatrices, m'incitant à rejoindre votre monde tout en reconnaissant ma différence, que vous prendrez longtemps pour une anormalité, une quasi-déviance. Pour l'heure, c'est plutôt moi qui reste dubitative devant ces drôles de chaussons, qui invitent davantage à rire qu'à s'émerveiller.

— *Votre maman a changé trois fois de chaussures aujourd'hui.*

— *Je voulais mettre mes chaussures allemandes, tout le monde me les envie !*

Tu m'accueilles avec ce sourire radieux comme un soleil sur mon cœur un peu lourd de toutes ces semaines à te voir t'effacer. Il y a quelque temps, nous avons choisi ensemble une paire de baskets à fleurs que tu arbores fièrement et qui, avec ton petit Bombers assorti et tes ongles toujours impeccables, font de toi la star coquette des lieux. C'est un étrange pied de nez que m'offre l'existence : j'ai toujours détesté jouer à la poupée, j'aurais été très embarrassée d'élever une fille dans les codes habituels, mais désormais je choisis tes vêtements, m'assure que l'esthéticienne prend soin de tes ongles et bénis le dieu du semi-permanent de maintenir l'illusion si longtemps.

— *C'est moi qui ai choisi la couleur !* brandis-tu des doigts.

Tu es une version myope de toi-même, tout le monde peut en voir les contours mais la mise au point ne se fait plus. Comme pour me rassurer, je te demande comment je m'appelle et qui je suis. Le prénom vient spontanément et je triomphe silencieusement, me consolant comme je peux de cette maigre victoire sur l'oubli. Ne plus me reconnaître sera l'étape ultime de ce jeu cruel.

Je me raccroche à une grille absurde qui classifie ton état en GIR 2, nom de code terrible et rassurant. Terrible car il tente de te réduire à une case dans une grille. À un nouveau nom en neuf lettres, nouveau nom de Maman, qui succède à « vieille » : Alzheimer. Tu n'as jamais été très forte en mots croisés mais je sais que tu placerais encore les lettres correctement, l'allemand revient de plus belle dans tes conversations.

Rassurant car GIR 2 n'est pas le stade ultime. Il y en a encore un après. J'évite d'en lire trop sur le sujet car c'est celui où tu m'effaceras de ta vie, malgré toi, après m'avoir tant désirée, eue si tard et répété tant de fois que tu n'avais jamais regretté de m'avoir gardée. Ta petite lumière s'éteindra.

Quand, petite, j'ai découvert mes premiers jeux vidéo d'aventures, j'aimais le rythme, les temps de trajet et en particulier les énigmes qui nécessitaient qu'on s'y attarde. J'aimais ce temps long du jeu. Mais atteindre et vaincre le *boss* du niveau me rendait systématiquement nostalgique, je sais dorénavant pourquoi.

Il n'y a rien après.

Remerciements

Je tiens à remercier Elio et Éric pour leur amour et leur soutien indéfectibles,

Hélène, qui tient à merveille son rôle de BAE,

Christine, dont le rôle peu évident de grande sœur m'est indispensable,

Delphine, Julia et Alexia, avec qui nous partageons cet héritage commun fait de mots-valises et de fous rires,

Pierrot, qui veille sur nous, peut-être. (Si c'est le cas, envoie-nous une bonne tempête de neige, on saura que c'est toi !)

le clan Venuti,

Mimine, qui ne sert à rien mais m'a quand même un peu aidée dans les corrections,

tous mes ami.e.s pour leurs encouragements et leur présence,

Philippe Jaenada, tout simplement parce qu'il existe (vous remarquerez que les seules parenthèses de ce livre se situent ici), et enfin Manon, Stephen et toute l'équipe des éditions Anne Carrière pour leur confiance.

Et Maman, à qui j'ai demandé un jour de 1983 si elle voudrait bien « publier mon livre dans lequel tu trouveras un peu de tout : tristesse, humour ». C'est désormais chose faite, merci d'avoir exaucé ce vœu !

Mis en pages par DV Arts Graphiques à La Rochelle,
cet ouvrage a été achevé d'imprimer
par Firmin-Didot, groupe CPI,
à Mesnil-sur-l'Estrée (27),
pour le compte de S. N. Éditions Anne Carrière
57, rue Gaston-Tessier – 75019 Paris
en avril 2022

Imprimé en France
Dépôt légal : mai 2022
N° d'édition : 1069 – N° d'impression : 169112